OS DEUSES DE RAQUEL

Livros do autor publicados pela **L&PM**EDITORES

Uma autobiografia literária – O texto, ou: a vida
O carnaval dos animais
Cenas da vida minúscula
O ciclo das águas
Os deuses de Raquel
Dicionário do viajante insólito
Doutor Miragem
A estranha nação de Rafael Mendes
O exército de um homem só
A festa no castelo
A guerra no Bom Fim
Uma história farroupilha
Histórias de Porto Alegre
Histórias para (quase) todos os gostos
Histórias que os jornais não contam
A massagista japonesa
Max e os felinos
Mês de cães danados
*Minha mãe não dorme enquanto eu não chegar e
   outras crônicas*
Pai e filho, filho e pai e outros contos
*Pega pra Kaputt! (com Josué Guimarães, Luis
   Fernando Verissimo e Edgar Vasques)*
Se eu fosse Rothschild
Os voluntários

Moacyr Scliar

OS DEUSES DE RAQUEL

www.lpm.com.br
L&PM POCKET

Coleção **L&PM** POCKET, vol. 318

Texto de acordo com a nova ortografia.

Este livro foi publicado pela L&PM Editores, em abril de 1983, em formato 14x21 cm, na Coleção Novaleitura.

Primeira edição na Coleção **L&PM** POCKET: março de 2003
Esta reimpressão: agosto de 2023

Capa: Ivan Pinheiro Machado sobre pintura de Marc Chagall (1887-1985), *O campo da morte* (1954-1955). Essen, Museum Folkwang.
Revisão: Delza Menin, Renato Deitos e Fernanda Lisbôa.

ISBN: 975-85-254-1225-6

S419v

Scliar, Moacyr, 1937-2011
    Os deuses de Raquel / Moacyr Scliar – Porto Alegre: L&PM, 2023.
      128 p. ; 18 cm. – (Coleção L&PM POCKET; v. 318)

    1.Romances brasileiros. I.Título. II.Série.

                          CDD 869.932
                          CDU 869.0(81)-32

Catalogação elaborada por Izabel A. Merlo, CRB 10/329

© Moacyr Scliar, 1983, 2010

Todos os direitos desta edição reservados a L&PM Editores
Rua Comendador Coruja 314, loja 9 – Floresta – 90220-180
Porto Alegre – RS – Brasil / Fone: 51.3225.5777

Pedidos & Depto. comercial: vendas@lpm.com.br
Fale conosco: info@lpm.com.br
www.lpm.com.br

Impresso no Brasil
Inverno de 2023

Eu sou aquele cujo verdadeiro nome não pode ser pronunciado. Admito, contudo, ser chamado de Jeová.

Eu sou aquele que é. Estou aqui há muito tempo. Desde o princípio. No princípio estava escuro. Criei a luz. Este sol que torra os telhados do casario do Partenon é o meu olho Sou o que tudo vê.

Uma casa colonial antiga, de altos e baixos. Por uma janela aberta entra um raio de sol. Gera no assoalho de tábuas largas uma mancha arredondada, de contornos imprecisos, que se desloca, como uma larva luminosa, pelo vasto aposento – um quarto de dormir. Avança em direção à larga cama, colocada entre uma velha cômoda e uma mesa de cabeceira com tampo de mármore. Sobe pelo lençol. Encontra uns dedos, a palma de uma mão. Desloca-se sobre a pele, chega ao seio, ao pescoço, ao rosto da mulher. O olho, aberto, se enche de luz; mas a mulher, imóvel, nem pisca.

Mira fixamente o grande despertador colocado sobre a cômoda.

O nome dela pode ser dito. O nome dela é Raquel.

Está esperando que o despertador toque – o que deverá acontecer dentro de dois minutos, conforme providências que adotou à noite, dando corda, ajustando os ponteiros. No entanto, quando o alarme soa, estridente, ela se sobressalta. Pula da cama, irritada, e vai até a janela, as tábuas do assoalho rangendo à sua passagem.

O peitoril da janela queima. Vai ser um daqueles dias, pensa. O suor já começa a lhe escorrer pelo pescoço. Gotinhas, gotinhas, onde ides, astutinhas? Ao seio. Sacanas. *É tropical, isto aqui. Tropical.* Porto Alegre tem um clima de cidade europeia, dizia o pai – um de muitos erros. Trópico puro. Calor de panela de pressão. Vá se trabalhar com um calor destes.

Entra no banheiro, fecha a porta. Tira a camisola, fica nua na frente do espelho. Julga-se só. *E aquele que tudo vê?*

Hesita um instante. Num gesto brusco, abre ao máximo a torneira, ensopa uma toalha na água fria, flagela o rosto, o pescoço, o peito, as costas, os braços, as coxas – praguejando sempre, contra o calor. Por fim, ofegante, atira a toalha na pia. Olha-se no espelho que, molhado, devolve-lhe a imagem toda deformada. Suspira, veste o chambre e desce a galope a escada, para a primeira refeição do dia. *Agora, toca a encher o bucho. Vai tudo para as nádegas, depois.* Uma pequena satisfação: pensa ter deixado o sol lá em cima – a copa é sombria. Bobagem. *Logo voltaremos a nos encontrar.*

Senta à mesa, posta só para ela.

– Bom dia, Raquel. – Isabel entra com a bandeja do café. Raquel não responde; não quer muita conversa, a esta hora. Cala-te, serva. Cala-te, cumpre teu dever, serve e morre, de boca fechada.

Isabel serve-a, abundantemente. É chá, é torrada, é o fino patê – estas coisas visando dar um tom europeu ao desjejum mas quem as aguenta, com trinta e três graus à sombra? Além disto, aí está o festival tropical: a lúbrica banana, meio murcha, coberta de mosquinhas; o ressumante abacaxi; o mamão, com seus caroços pretos, semelhantes a insetos; o melão espanhol, amarelo-pálido, meio esverdeado.

Raquel toma um gole de chá e morde a torrada. Abre o *Correio do Povo* – uma proteção extra contra as tentativas de aproximação de Isabel. Dá com um convite para enterro: morreu uma Raquel, uma do Bom Fim. Uma velha – até bisnetos convidam para o enterro – mas é Raquel. Subitamente sem apetite, engole o chá, atira o jornal para o lado, sobe ao quarto e enfia o vestido esporte azul-elétrico. *Ajeito a cara ligeiro* – ajeita a cara ligeiro – *e me vou.* E se vai, escadas abaixo. Se vai.

E por que não deveria ir? Por que deveria ficar imóvel, contemplativa? Não é *hippie*. Não é das criaturas que ficam pelas praças, sentadas ao sol, confeccionando, pachorrentas, uns cintos, uns tamancos. Cintos, tamancos! Nem sabe trabalhar o couro. É preciso habilidade especial para isto: um jeito de cortar que preserva, entre as fibras, os resíduos de vida que o boi deixa antes do último berro.

Não tem tipo de *hippie*. Gosta de limpeza. Raspa os pelos – tanto os duros das pernas, como os mais macios do sovaco, estes, pincéis de certos odores. Não fuma maconha. Não dorme com muitos. Dorme só. Acorda só, e só se vai. Quer dizer: *pensa que vai só. Eu a acompanho. De longe, mas sempre.* Agora, já tirou o carro da garagem, já dispara morro abaixo; *mas eu, aqui de cima, já a vi sair e já estou a caminho. Conheço todos os atalhos; não preciso de carro para chegar antes dela. Além disto, sei que ela diminuirá a marcha duas vezes, e que parará em dois lugares. Sou o que tudo sabe.*

Diminui a marcha pela primeira vez, agora. Na esquina, muito movimentada. Está se olhando de relance no espelho retrovisor, está falando de si mesma na terceira pessoa – o que acontece nos dias de muito calor. *Olha a gorda.* Gorda? Não. Um pouco robusta, talvez, reforçada, bem nutrida – mas gorda? Não. *A velha.* Com trinta e sete anos? Há outras mais velhas. *Horrorosa.* Nada disto. *Eu, o justo dos justos, é que sei:* é bonita. O rosto é enérgico, apenas. Cabelos curtos, cor de cobre, olhos esverdeados, nariz reto, lábios finos, um pouco caídos nos cantos, sim, mas é bonita, apesar da expressão de desgosto. *Lá vai ela.* Vai, Raquel, vai. Por que não haverias de ir? Deverias ficar em casa, olhando televisão, ou lendo, ou bordando, ou rezando? Nada disto. Vai. Acelera, e vai. Isto. *Faz os pneus gemerem nas curvas. Mas não te esquece que terás de parar mais adiante.* Nas ruínas do Colégio, destruído há anos por um incêndio.

No muro, em letras vermelhas: RAQUEL. Ao lado, caprichosamente pintado, um coração atravessado por uma flecha, pingando sangue. Tudo bem grande, bem visível. Amanhã a chuva de verão lavará nome e figura. Mas depois de amanhã lá estarão novamente. Faz anos que isto se repete. Ela já foi à Polícia; investigaram, vigiaram, mas nunca descobriram o debochado que, na calada da noite, maneja seus pincéis com tanta diligência. Assim como nunca descobriram quem ateou fogo ao Colégio.

Durante algum tempo Raquel suspeitou que fosse ela mesma a pintora misteriosa. Quem sabe sou sonâmbula? Quem sabe me levanto de noite, tiro pincel e tinta da loja e vou pintar o muro? Por via das dúvidas, espalhou talco ao redor da cama. Não apareceram marcas de pés. Não era ela. É o diabo, afirmava Isabel. Rezava por Raquel, às vezes até jejuava. Inútil. Dia seguinte, no muro: RAQUEL. E coração sangrando.

Suspira, tira o pé do freio, deixa o carro descer lentamente a rua. Passa diante do grande portão do Colégio, agora fechado com corrente e cadeado. Este portão ela atravessou muitas vezes – a primeira, levada pela mão do pai.

O Pai era um homem decidido. À mãe não agradava a ideia de ter a filha estudando num colégio de freiras. Somos judeus, dizia, por que não colocamos a menina em outro colégio? Quero que ela aprenda latim, respondia ele.

Ferenc Szenes. Na Hungria fora latinista de algum renome; tinha mesmo publicado uma obra sobre o emprego do genitivo. E era autodidata: nunca havia cursado a Universidade. Também nunca havia trabalhado. Meu pai era muito rico para admitir que alguém da família trabalhasse, comentava – com ironia, mas não sem certo orgulho. Com a morte do pai, recebera uma boa herança; fundara uma Escola de Altos Estudos da Língua Latina, fechada ao fim de poucos meses por falta de alunos. Fizera outros investimentos desastrosos, acabando por ficar sem dinheiro. Resolvera então vir para o Brasil – contra a vontade da esposa, Maria, que não queria deixar a Europa. Por que o Brasil? – perguntava. Porque é um país novo, de oportunidades – respondia Ferenc. Tinha esperança de impor-se como latinista, num país católico e de língua latina. O sul do Brasil – dizia – é como a Europa; clima temperado, cidades tipicamente europeias.

Chegaram a Porto Alegre em setembro, num dia de sol. A temperatura era amena; soprava uma brisa agradável. A Ferenc tudo entusiasmava: o nome da cidade, a amabilidade das pessoas. Aqui seremos felizes, Maria!

Alugaram um pequeno quarto no centro da cidade. Durante algum tempo, dedicaram-se a passear e a tomar aulas de português com um padre húngaro.

Chegou o verão, tórrido aquele ano. O aluguel atrasado. Ferenc comprou um terno de linho branco e saiu a procurar emprego. Queria uma colocação como professor de latim. Andava de colégio em colégio, o casaco grudado nas costas empapadas de suor. Não conseguiu nada. Não havia falta de professores de latim; além disto, ele não apresentava credencial alguma, o que deixava os diretores desconfiados. Desistiu da peregrinação. Optou por colocar um anúncio no jornal, oferecendo aulas particulares. Ficava sentado de terno e gravata, no quarto abafado, abanando-se com o jornal, e esperando pelos alunos, que não apareciam.

Maria se entediava. Não tinha o que fazer. Além disto, grávida, vomitava todas as manhãs.

Temia o marido e evitava contrariá-lo, mas acabou exigindo providências. Precisava sair daquele quarto, mudar para uma casa onde pudessem levar uma vida normal, criando os filhos e recebendo amigos: abre uma loja, dizia ao marido. Como os judeus do gueto? – ele se irritava. Ela: sim senhor, como os judeus do gueto, vivem melhor do que nós, os judeus do gueto... Ele saía, exasperado, batendo a porta.

Contudo, a ideia não lhe desagradava de todo. Talvez pudesse abrir uma loja que não desse muito trabalho; poderia então se dedicar aos estudos de latim em horas vagas. Uma loja pequena, num lugar afastado... Começou a explorar os bairros. Atraía-o o Partenon. Seria, pelo nome, um lugar de gente culta, sensível. Tomou um bonde para lá. À medida que se aproximava do fim da linha, o ar lhe pareceu mais fino, mais leve; era cedo ainda, e as poucas pessoas que via na rua caminhavam devagar, muito calmas. Partenon. Por que o nome? Muitos anos depois descobriria, lendo o livro de Ary Veiga Sanhudo, que ali deveria ter tido sua sede a Sociedade Partenon Literário, fundada em 1861. A obra, contudo, não passara da pedra fundamental.

Ferenc olhava agora para um casarão meio oculto entre árvores. Certamente a residência de um homem culto (um nobre?), um pouco arruinado talvez, mas sempre disposto a contratar um professor de latim para a filha, pagando bem, convidando para jantares (luz de velas brilhando suavemente em baixelas de prata. Vinho húngaro. A moça, loira e de olhos azuis, fitando insistentemente. O professor, perturbado, mal conseguindo responder às perguntas do anfitrião sobre o emprego do genitivo).

Que casa é esta? perguntou ao cobrador. O hospício, respondeu o homem, e acrescentou: fim da linha, moço, fim da linha.

Numa manhã de dezembro de 1879 – narra Ary Veiga Sanhudo – *precisamente ali onde ainda hoje está, foi lançada a pedra fundamental do hospício São Pedro. O nome lembra a nossa Província, e a 29 de julho de 1884, dia de São Pedro, foram inauguradas parcialmente as primeiras instalações. Depositaram aí então 41 loucos.*

Ferenc sorriu. Ali estava ele, longe da Hungria, sem emprego, sem dinheiro, num bairro chamado Partenon, diante de uma casa de – um culto nobre e sua linda filha? – não, de loucos. Loucos. Lá estavam eles, andando pelas alamedas do Hospício, piscando ao sol que começava a queimar as calçadas.

Desceu do bonde. Caminhou pelas ruas do Partenon. Encontrou uma loja vazia; aluga-se, dizia um letreiro. Espiando pelos vidros sujos da vitrina, Ferenc descobriu o que deveria fazer. Instalaria ali uma loja de ferragens. Venderia marretas, serras, talhadeiras, martelos, verrumas, picaretas – toda a sorte de ferramentas para serem usadas pelas mãos fortes de homens silenciosos – para a demolição, para a construção. Demolir, construir – era disto que o Estado precisava naquele verão de 1935, ano do centésimo aniversário da Revolução Farroupilha.

Esta Estrada de Mato Grosso, que mais tarde viria a se chamar Avenida Bento Gonçalves; em homenagem ao Presidente da República Rio-Grandense... – escreve Ary Veiga Sanhudo. Pela Estrada do Mato Grosso chegariam os fregueses à Loja Vulcão; dezenas, milhares deles, trazendo o dinheirinho enrolado no lenço, pedindo por pás e enxadas, por pregos e serrotes. Loja Vulcão os acolheria, Loja Vulcão atenderia carinhosamente a seus pedidos. Loja Vulcão distribuiria brindes de Natal, folhinhas, chaveiros. Boa e querida Loja Vulcão, meiga, sim, mas forte, também, robusta, enérgica. Devaneios de Ferenc, sob o olho do sol.

Para estabelecer-se, recorreu às últimas economias. Não foi suficiente; teria de vender as joias da mulher. Maria protestou. As joias eram seu único consolo naquele quarto opressivo. Diante do espelho do roupeiro de pinho amarelo, enfeitava-se amorosamente com a pulseira, os anéis, os brincos, o colar de pérolas que descia até o ventre. Então, e só então, o rosto deformado pela gravidez se abria num sorriso. Não, não daria as joias.

Tinham sido presente de casamento dos pais, a única coisa que a fazia sentir-se gente. Não daria as joias, pronto.

Ferenc discutiu, argumentou. Perdeu a paciência: burra, não sabes nada! E tu, gritou Maria, que só entendes de latim, esta besteira? Ferenc esbofeteou-a; ela chorou; ele abraçou-a, pedindo perdão. Reconciliaram-se. Maria entregou as joias.

Foram ao Partenon ver a loja, ela soluçando ainda, no bonde. No fim da linha enxugou os olhos, espantada: que casa é esta? O Hospício, disse Ferenc. O Hospício! – ela riu. – Só loucos, mesmo, podem viver aqui!

Ria sem parar. O cobrador ria; muitos passageiros riam; outros trocavam olhares compreensivos. Desconcertado a princípio, Ferenc ria também, às gargalhadas. Fim da linha – gritou o motorneiro.

Desceram, ela afogueada, como na tarde em que se haviam conhecido numa praça de Budapeste. Andaram pelo Partenon, Ferenc comentando as vantagens do bairro e tirando o chapéu panamá aos transeuntes. Chegaram à loja. Diante da vitrina, o rosto de Maria se toldou; não via ali dentro prateleiras cheias de reluzentes mercadorias, caixeiros atendendo fregueses. O que ela via era a sua própria imagem refletida no vidro, o pescoço sem o colar. Anos depois teria outros colares, mas nunca seriam como aquele que descia até o grande ventre, no verão de 1935.

– Tem colégio aqui perto? – perguntou, num fio de voz; não perguntava por médico, dentista ou armazém: não pensava em si, nem em Ferenc. Tratava-se do filho. Tratava-se de criá-lo no Partenon, mas educando-o para que não fosse pobre, para que não precisasse vender as joias da mulher nem ser lojista.

Tem, disse ele, tem um bom colégio. Não ousou confessar que se tratava de um colégio de freiras. Mas secretamente esperava ser pai de uma menina. Queria uma filha que frequentasse o colégio das irmãs, que aprendesse latim – o latim que ele aos poucos haveria de esquecer, apesar das noites calmas do Partenon, tão propícias ao estudo e à meditação.

A<small>JUDADA</small> por uma parteira do bairro, Maria deu à luz uma menina. O parto foi tormentoso; em húngaro, Maria gritava que não queria mais filhos. De fato, não teve mais filhos.

Raquel cresceu sob o olhar vigilante e amoroso da mãe. Fez o primário perto de casa. A professora, Dona Almerinda, ensinou-lhe o português e a aritmética. Na loja, o pai se esforçava para que nada – livros, cadernos, lápis – lhe faltasse. Ajudava-o o dedicado e silencioso Miguel.

Deste Miguel sei tudo.

Sei deste Miguel nascendo na Polônia; *sei* dele, filho de sapateiro, crescendo numa pequena aldeia; *sei* dele vindo para o Brasil com os pais e os irmãos. *Sei* dele crescendo no Bom Fim; brincando em casa e estudando no Colégio Iídiche. Sei dele como rapaz quieto e bondoso, trabalhador – era aprendiz numa marcenaria. *Sei* que era dado a leituras e que todos – os pais, os irmãos, o marceneiro – o consideravam esquisito, porque lia muito a Bíblia, rezava e falava sozinho. Sabiam-no assim, deixavam-no em paz, não perguntavam nada. *Só eu sei o que se passou dentro da cabeça dele quando tinha dezessete anos. Formou-se dentro da cabeça dele outra menor.* Como o caroço no fruto – não, como o caroço não, porque o caroço já existe, não se forma. Como o verme – não, porque o verme vem de fora; não. Era como um fruto que tivesse se formado sem caroço, este aparecendo depois, tardiamente, mas querendo seu lugar, na polpa. *Sei.* A cabeça menor abriu os olhos dentro da escuridão daquele crânio; pouco via, e só pelas pupilas da outra. Mas falava, falava sem cessar, dando ordens. Ressoava tão forte, aquela voz lá dentro, que o casco externo estalava, ameaçava se romper, revelando a todos – pais, irmãos, o marceneiro – a cabeça de dentro, a nova, a pequena e dura, a parasita, a de olhar terrível. Doía-lhe aquilo, doía-lhe a cabeça, dava-lhe um desespero tão grande que ele tinha vontade de degolar-se, de cortá-las, as duas, de jogá-las ao rio. Elas que se fossem; elas que descessem levadas pela correnteza, discutindo e brigando. *Sei*.

Sei que este Miguel lutou muito tempo. Mas acabou cedendo.

Um dia o pai acorda com ele no quarto, ao lado da cama do casal.

É de madrugada; na claridade cinzenta do quarto brilham os olhos do rapaz (os de dentro através dos de fora. O pai não sabe, por isto estranha o olhar). Que é que tu queres, meu filho? – pergunta o velho. Dinheiro, responde Miguel. Quero a minha herança, o ouro que vocês trouxeram da Polônia.

– Que ouro? – o homem pula da cama, assustado. – Que ouro, meu filho? Não tem nenhum ouro, tu sabes disto!

– O ouro! – insiste Miguel. – Preciso do ouro e das joias, preciso de dinheiro para construir a sinagoga!

– Que sinagoga? – Agora era a mãe que se levantava. – Que ouro, Miguel? Tu estás tendo um pesadelo, filho! Vai te deitar, ainda é cedo. Vai te deitar, quando acordares estarás melhor. Vai, filho, vai!

Mas não é pesadelo, diz Miguel, não é nenhum pesadelo, é que eu tenho de fazer uma sinagoga, será que vocês não sabem, uma sinagoga grande e bonita, com ouro nas paredes, será que a mãe já o agarra, já lhe bota a mão na testa: é febre que ele tem, está com febre! *Sei.*

Miguel se desvencilhando deles, saindo, caminhando pela rua, esmurrando as portas dos vizinhos, gritando por dinheiro *sei, sei. Sei* também que ninguém dá, todos se assustando – está louco? Está louco! – grita o marceneiro, perto do meio-dia: acaba de surpreender Miguel tentando forçar a gaveta da mesa do escritório. Miguel ameaça-o com um martelo, o marceneiro pede socorro, vem a Polícia.

Sei que Miguel foi levado para um lugar distante, o Partenon, e lá internado num casarão. *Sei* do pijama que lhe deram; sei que lhe rasparam a cabeça. *Sei* o que pensou então: querem me pelar, querem me deixar o casco fininho como casca de ovo, para que rebente por si, com o calor do sol, deixando aparecer a outra, a cabeça que eu tenho dentro: é com ela que vão se entender.

Antes que o matassem, fugiu. Subiu o morro, dormiu ao relento várias noites, até que uma velha se apiedou dele, recebeu-o em casa, cuidou dele semanas – e morreu. Morreu, a velha; era esquisita, uma viúva solitária, mas bondosa. Deixou a Miguel a casa, umas roupas e algum dinheiro – o suficiente para ele ir à loja de ferragens comprar ferramentas. Queria começar de imediato, no alto do morro, a construção do Templo.

Conversou com Ferenc, deixou escapar umas palavras em iídiche – e pronto, Ferenc estava lhe oferecendo um emprego. *Sei* o que estava pensando, o Ferenc: no raro que era encontrar um judeu no Partenon, um homem do bairro, conhecedor da vizinhança, e que seria além disto um empregado de confiança – o sangue, a nação. *Sei* disto. *Sei* também que Miguel se encantou com a ideia: aceitou trabalhar com Ferenc. E trabalhou muito, mesmo, com diligência e honestidade. Trabalhava toda a semana; aos sábados descansava, os domingos reservava para a construção do Templo, que ia se erguendo muito devagar – Miguel era o arquiteto, o pedreiro, tudo.

E a voz lá dentro, clamando sempre. Às vezes Miguel não aguentava; pedia licença a Ferenc e ia bater no São Pedro. Acolhiam-no, conhecido que era. Raspavam-lhe a cabeça, davam-lhe o pijama, e deixavam-no vaguear pelas alamedas, pelos matos, entregue a este diálogo em que uma boca falava pela outra, sem cessar: que podia fazer? Se apertava os lábios, para não falar, os beiços de dentro, cúpidos, grosseiros, faziam pressão, ajudados pela língua, pelos caninos possantes: ele tinha de se abrir, tinha de se arreganhar, tinha de deixar sair as imprecações, até achando graça, às vezes. *Sei, sei.*

E *sei* que alguém o comovia: a pequena Raquel. Tomava-a ao colo, contava histórias da

Bíblia, falava do Templo de Salomão – cedro, mármore, ouro.

Raquel chorava quando ele tinha de ir. Seguia-o até a avenida, via-o sumir lá dentro do Hospital, chorando sempre. *Sei disto. Sei tudo. Sou o que sabe tudo.*

Raquel e seus amiguinhos brincavam perto do Hospício.

Muitas vezes viam os loucos.

Vagavam pelos matos, sós, ou em pequenos grupos. Vestiam pijamas azuis, desbotados e rasgados. Tinham a cabeça raspada. Nas órbitas salientes, boiavam-lhes grandes olhos escuros. Uma pele tensa e diáfana recobria-lhes os ossos delicados. Caminhavam devagar, fitando as pequenas nuvens que corriam no céu, amassando florzinhas silvestres com os pés enormes.

Os meninos escondiam-se entre as moitas. Em silêncio, contendo o riso, esperavam que os loucos se aproximassem. Então, de repente, atiçavam seus cachorros, os ferozes cães do Partenon: pega, Joli! pega, Veludo! Os loucos fugiam, gritando. Corriam a esconder-se em grotões.

Miguel não fugia. Ficava imóvel, olhando para Raquel, enquanto os cães ladravam à sua volta. Chorava, a menina, de pena e raiva daquele homem inerme, o louco.

No entanto foi a este homem, a este Miguel, que eu confiei a missão. Sai da casa de teus pais, eu lhe disse, vem ao lugar que te indicarei, constrói um templo em minha honra.

Saiu de casa, mas andou vagueando, perdido. Falei-lhe do meio de chamas, uma noite; mesmo assim vacila, às vezes. Foge de mim, vai ter com os insanos, com os gentios. Não surporta a minha voz. Sei disto. Eu sou a voz que ressoa no deserto.

Apesar da resistência de Maria, Ferenc matriculou a filha no Colégio das freiras.

E assim, num dia de verão, ela passa pelo grande portão do Colégio, levada pelo pai.

Atravessam o pátio, um lugar muito quieto, de grandes árvores e jardins de flores. O saibro das aleias range sob os sapatos colegiais de Raquel. De súbito, ela puxa a mão do pai, força-o a parar. Estão diante de uma gruta construída em cimento e pedras negras no meio de um pequeno lago artificial. No fundo da gruta, iluminada por velas, uma imagem da Virgem contempla Raquel com seus grandes olhos escuros. Que linda, murmura a menina, fascinada.

De súbito, a sensação de que alguém a espia de trás, do portão. Volta-se. Ninguém. Torna a olhar a Virgem: uma aranha preta e achatada sobe pelo pé nu da imagem. Pálida e nauseada, Raquel agarra-se à mão do pai, que a arrasta dali: é tarde, as aulas já devem ter começado. Caminham apressados, quase correndo, por compridos corredores, ascéticos como de claustros.

– Aqui.

Voltam-se. Uma freira, imóvel sobre o chão de ladrilhos pretos e brancos.

– Aqui. O senhor passou.

Irmã Teresa. O rosto assemelha-se ao da Virgem: os mesmos olhos escuros, a mesma boca fina, o nariz regular. Mas a face é pálida, não rosada; e o hábito preto, não branco debruado em ouro, como o da Virgem. Os pés, Raquel não vê. Verá em sonhos: nodosos, pelos nos dedos.

O pai já falou com a freira, já recomendou insistência no latim, já se despediu, está se indo.

Frente a frente, sob o alto teto. Irmã Teresa fita Raquel. Surpreendendo-se com a própria ousadia, Raquel estende a mão e apalpa o hábito com os pequenos dedos: sente a textura áspera do pano.

– Vamos.

Irmã Teresa volta-se, entra na aula. Raquel segue-a. A um sinal da freira as meninas, olhando curiosas a recém-chegada, levantam-se para rezar. Raquel fica de pé, junto ao estrado da mestra. E de novo a sensação, a de que alguém a espia pela porta aberta. Volta-se: através da porta, vê o corredor, o pátio, as árvores. Ninguém ali.

Aqui, no posto de gasolina, a primeira parada.

Vem o empregado, correndo. Vinte, da comum, ordena Raquel.

– Litros?

Raquel não responde, atarefada em procurar o dinheiro na bolsa.

O empregado pega a mangueira e, assobiando, coloca a gasolina no tanque. Raquel levanta a cabeça, olha o marcador.

– Quem mandou colocar vinte litros? – grita Raquel. – Era vinte cruzeiros que eu queria! Cruzeiros!

– Mas eu pensei... – balbucia o homem.

– Não me interessa – atalha Raquel. – Quem mandou pensar? Não tem nada que pensar.

Estende ao homem duas notas de dez cruzeiros. O empregado protesta: terá de pagar a diferença, não está certo, não foi culpa dele...

– Azar o teu.

Vou chamar o gerente, diz o homem. Raquel ri: chama, pode chamar. Em quem é que ele vai acreditar – em ti ou em mim? Se ele acreditar em ti eu devolvo a gasolina – mas só a de vocês, a comum; a minha, que é azul, vocês não podem tirar do tanque.

O homem olha-a, sem entender. Depois, com uma praga vira-lhe as costas.

Raquel arranca, triunfante. Saiu-se bem nesta primeira parada, que é também a primeira prova do dia. Terá ainda de passar por outras duas.

A SALA de aula: assoalho de velhas tábuas carunchadas. Nas paredes de estuque, imagens de santos e quadros coloridos: a menina de faces carminadas caminhando pela estrada, seguida pelo anjo da guarda. Velhas carteiras de pinho, com tinteiros de ágata nos tampos.

São quarenta meninas na turma. Raquel é a única judia. Isabel, sua companheira de carteira, vive a lhe fazer perguntas: como é que os judeus rezam? como é que casam? como é que se batizam? Estimam-se as duas, mas são muito diferentes: Raquel é quieta; Isabel, a estouvada, vive fazendo caretas, imitando as colegas. Talvez por causa disto a Irmã Teresa convida-a para prepararem juntas a encenação de uma pequena peça.

Apresentam-se à classe no palco do salão de festas.

Quando a cortina se abre, estão as duas sentadas, imóveis. Chama a atenção a palidez das faces e o brilho do olhar.

A primeira fala é de Isabel.

– Fui má, hoje. Tive pensamentos pecaminosos.

– O que poderá lhe acontecer? – pergunta a Irmã Teresa, sempre imóvel.

– Poderei ir para o inferno, se morrer agora.

– E o que lhe acontecerá no inferno?

– Queimarei no fogo, sofrendo dores terríveis; bichos devorarão minha carne, vermes entrarão em minha boca; e o diabo me espetará.

– E quanto tempo durará isto?
– Toda a eternidade.
– Eternidade? O que é eternidade? Quanto tempo dura a eternidade? É mais do que uma vida, por certo.

Levanta-se Isabel:
– É mais do que uma vida, por certo/mais que duas vidas também./Um século não chega nem perto/dez séculos tampouco, nem vinte, nem cem.
– Deveras? Porém, mesmo assim não consigo imaginar a eternidade.
– Pensa – a voz de Isabel treme um pouco – numa enorme coluna de aço, tão alta que não se pode ver o topo, e muito larga. A cada mil anos passa pela coluna um pássaro, toca-a com a ponta da asa. Com o insignificante atrito fica em suas penas uma minúscula quantidade de pó de aço. Pois bem. Admitindo que em cada viagem o pássaro leve consigo um décimo de miligrama de aço, e que a massa da coluna tenda ao infinito, calcule-se que tempo levará o pássaro para desgastar completamente a coluna. Este tempo não é nem a milionésima parte da eternidade.

Faz calor. As meninas se abanam com os cadernos.
– Ora! – grita a Irmã Teresa. – Pouco me importa! Quero cantar, e bailar, e gozar a vida! Debocho das meninas virtuosas!

— Perversa! — Isabel aponta-lhe um dedo acusador. — Queres então pecar? É isto, o que queres? Pecar?

Abre os braços:

— Não te dás conta, pobre tola/ao aniversariares com paixão/que a vela que brilha no bolo/é a mesma que enfeita o caixão?/Te esqueces de tua sorte/dos risos em meio ao aluvião./ Não sabes que apenas a morte/te abraça com alegre efusão?

Irmã Teresa levanta-se:

— É verdade! Agora sei o que é a eternidade para o perverso. Que coisa horrível! Felizmente, tocou-me a graça a tempo.

Assusta-se:

— Mas — e se eu estiver condenada a passar toda a eternidade no inferno? Tenho pecado muito. No Dia do Juízo, quando meu corpo putrefato sair da terra — serei pesada na balança e encontrada muito leve. Estou perdida!

— Ainda não! — brada Isabel. — Nunca é tarde para voltar ao caminho do bem. Reza!

Irmã Teresa ajoelha-se, os braços erguidos para o céu, a face iluminada como um abajur de alabastro. Isabel avança até a borda do palco:

— Volta aos braços da Virgem, ovelha tresmalhada!

Palmas. Raquel está emocionada. Levanta-se, vai abraçar a colega. Avança pelo corredor.

Para. Volta-se para as janelas do auditório, as que dão para a rua. É dali que a espiam! Mas não há ninguém, ali.

– Como é que eu estava?

É Isabel, radiante. Linda, Isabel! – Raquel abraça-a. Quanto à Irmã Teresa, desapareceu nos bastidores.

NAQUELA NOITE Raquel acorda de um sono agitado. Vendo a coluna da eternidade. Está fora da casa a coluna, mas diante mesmo da janela aberta; Raquel pode tocá-la, pode sentir a aspereza do metal, a dureza resistente a grosas, lixas, brocas ou puas.

Não é preciso, porém; a coluna está ali, projeta sua sombra imensa sobre a cama. Raquel cobre a cabeça com o lençol, morde as mãos para não gritar. Gritar? Para quê? Nada pode salvá-la. No quarto vizinho, o pai e a mãe estarão entregues às sacanagens deles; ou então dormem. O que fazem para poupá-la da danação? Nada. Ele só se interessa pelo latim; e ela (tem o nome da mãe de Deus, a perversa) só fala das joias da Hungria. Está sozinha, a pobre Raquel.

E o pássaro? O pássaro que roça com a ponta da asa a coluna da eternidade?

Pouco sabe deste pássaro. Apenas que é pequeno e cinza, que tem olhinhos pretos, duros e penetrantes; que voa rápido e silencioso. Que não canta. Não emite qualquer som.

De onde vem, a cada mil anos, este pássaro? De que se alimenta? Onde tem seu ninho, sua fêmea, seus ovos? Quais as suas doenças, se é que as tem? O que faz, quando não está voando? Não se sabe. Sabe-se que volta, milênio após milênio, para cumprir sua tarefa. Quem lhe deu ordens para que o faça? Quem o treinou? Quem deu à ponta de sua asa poder abrasivo para raspar a coluna?

Tudo indica que está resolvido a acabar com a coluna da eternidade, o pequeno pássaro. Mas uma observação mais atenta revela, nele mesmo, sinais inequívocos da passagem do tempo. Já lhe faltam muitas penas, e a desenvoltura não é a esperada para seres de sua espécie, sabidamente ágeis e graciosos. É de se admirar, portanto, a férrea determinação, evidenciada tão somente por alguns miligramas de pó de metal. Que raça de pássaro é? O tico-tico? O pardal? Não se sabe; não se deixa identificar, vai-se, voando sobre os telhados do Partenon. Ruma para o norte, para os gelos eternos; ou para o sul, para os gelos eternos – e talvez para mais além. Quando regressar, o Colégio estará em ruínas; o latim será uma língua definitivamente morta; os ossos dos pais descansarão num túmulo qualquer; e Raquel estará no inferno.

O inferno. A entrada do inferno ela conhece: é um buraco na pedreira ao lado do Colégio, meio encoberto pela vegetação. Ali vão ter as almas danadas, atraídas pela sucção de um redemoinho invisível. Descem por um estreito túnel, rasgando-se nas pedras, deixando nas anfractuosidades pedaços de sua substância. Chegam à caverna subterrânea, rolam para o lago de fogo líquido, e ali ficam, gritando por toda a eternidade, sob o olhar vigilante dos demônios que as espetam com tridentes. Inferno! Desesperadas, voltam-se as almas para a imensa coluna de aço que aparece ao fundo da caverna. Esperam a chegada de certo pássaro. Inútil: não podem mais ser salvas.

Para Raquel, contudo, ainda há tempo. Basta que seja destemida; não deve pecar, deve enfrentar a eternidade. Lentamente, descobre a cabeça e olha para a janela.

Não há coluna nenhuma, não há sombra nenhuma. Há o céu estrelado, há lua. Pula da cama, vai até a janela. A rua está deserta e silenciosa. No morro, cães latem, inquietos.

Atira-se aos estudos com dedicação. Decora bem as lições. Traz os cadernos limpos e encapados com papel colorido, faz os temas com capricho, termina-os com a palavra FIM em letras góticas, no meio de um círculo de flores.

Quem a ajuda não é o pai. É Miguel.

Domingos pela manhã ela sobe o morro. Encontra Miguel às voltas com a obra; só pode trabalhar aos domingos. A construção progride lentamente: as paredes sobem, mas anos deverão se passar até que possa ser entronizado ali o Livro sagrado.

Ao avistar a menina, Miguel deixa de lado a colher de pedreiro e corre para ela. Sujo de cimento, toma-a pela mão e leva-a a percorrer a construção, falando com entusiasmo de seus planos: aqui vai ficar o candelabro de prata, aqui um armário de jacarandá maciço para o Livro... Podes me ajudar nos temas? – pergunta Raquel.

Sentam-se à sombra de uma árvore. Aos quarenta anos, Miguel tem a barba e os cabelos já grisalhos; anda sempre de branco e de sandálias, como um profeta. Sua voz no entanto é fraca, e um pouco rouca; fala um português com forte sotaque, misturando palavras em iídiche. Mas sabe tudo; limpando as mãos na túnica, toma os cadernos de Raquel, lê os temas, pensa um pouco, consulta os livros e depois explica o latim, a matemática, o português. Como é inteligente, admira-se Raquel, nem parece louco. Nestas manhãs, Raquel não o teme, acha-o até bonito, pelo rosto puro, pelos grandes olhos azuis. Leva-lhe presentes; maçãs, que ele esconde sob a túnica.

Os ESFORÇOS de Raquel são recompensados: obtém o primeiro lugar na classificação semanal.

Irmã Teresa anuncia o nome das primeiras colocadas. A turma aplaude e murmura quando

Raquel adianta-se, orgulhosa, para receber o seu prêmio: uma imagem da Virgem Maria.

À saída, Isabel vem falar com ela. Queria te pedir um favor, diz, embaraçada; queria que tu devolvesses o teu prêmio para a Irmã Teresa. Por quê? – pergunta Raquel, a testa franzida. O prêmio é meu, ganhei com o meu trabalho. Para que é que tu queres? – insiste Isabel. É um retrato da Virgem Maria, tu és judia, não tens nada a ver com a Virgem Maria. Eu quero, grita Raquel, e tu não tens nada que ver com isto. Devolve! – grita Isabel, os olhos cheios de lágrimas. Devolve, malvada, guria ruim, pagã! Tenta segurá-la pela blusa. Raquel se desvencilha, corre para casa.

À noite, antes de dormir, contempla longamente a imagem da Virgem. Diante do rosto pálido, de leve rubor dos malares, do doce sorriso, da auréola dourada que envolve a cabeça, não se contém: chora. Antevisão das portas do Paraíso, irremediavelmente fechadas; expectativa de castigo eterno; lago de fogo, coluna da eternidade – como não chorar? Chora, sim, chora toda a noite; pensa em morrer. Salva-a o canto do galo, ressoando três vezes na manhã do Partenon.

Levanta-se, caminha vagarosamente para o banheiro. Pega uma toalha, molha-a em água fria, flagela o corpo febril e dolorido. Veste-se e desce para o café.

O relógio da copa marca sete e meia, mas não

há ninguém ali. A mesa não está posta. Raquel inquieta-se: onde estão o pai e a mãe? Atravessa a casa correndo, abre a porta da frente. A rua está deserta; o armazém e o bar, fechados. E já é tarde! Pega a pasta e sai correndo para o Colégio. De repente estaca:

– Mas hoje é feriado!

Ri. É feriado! Que burra que eu sou, que tonta, que louca! É feriado! Todo mundo dormindo, e eu aqui na rua, indo para o Colégio. Vou voltar, vou me meter na cama.

Mas não volta. Prossegue rumo ao Colégio. Vai devagar, espiando pelos cantos dos olhos. Sabe que o diabo a segue.

O diabo a segue. *Vejo-o.* Dos subterrâneos do Partenon, o diabo a enxerga, como se o chão fosse de vidro. Vê as solas dos sapatos colegiais: vê pernas roliças, calcinhas de algodão. Vê estes sapatos, estas pernas passarem pelo portão do Colégio. Raquel caminha pelas aleias, entre as árvores – o diabo observa-a através de raízes emaranhadas.

O diabo a vê, *eu também a vejo*. Diante da gruta, ela tem a sensação de ser observada; olha – não para baixo, nem para cima, mas para trás, para o portão. E não vê ninguém. Claro. Volta lentamente a cabeça, assusta-se: diante dela, a Irmã Teresa.

– Não temos aula hoje, Raquel – diz, em voz descolorida.

– Eu sei.

– Por que vieste, então? Por que não ficaste em casa?

– Não sei. Eu tinha de vir.

Ficam em silêncio, Irmã Teresa olhando para Raquel, Raquel olhando a Virgem na gruta – e o diabo? Olhando. Da freira, ele só vê os tacões dos sapatos; o resto da imagem é uma massa escura, que o olhar lúbrico não penetra.

– Tenho sonhado – murmura Raquel. – Com o inferno. Eu vou para o inferno, Irmã Teresa.

Baixinho e muito depressa, como ladainha: eu vou para o inferno, Irmã Teresa, porque sou judia, meus pais são judeus, eu não vou me converter, minha mãe morreria de desgosto, eu gosto da minha mãe. Gritando: então tenho de arder no inferno porque gosto da minha mãe? Gostar da própria mãe é pecado?

Irmã Teresa olha-a surpresa. Raquel avança um passo: a senhora me olha como se eu fosse louca, mas eu não sou louca não, loucos são aqueles do São Pedro, eu sou bem normal, só quero fazer tudo pelo melhor, quero escapar do inferno.

– Vai para casa – diz a freira. – Vai, Raquel, hoje é feriado, vai descansar. Amanhã conversamos.

– Não! – Raquel agarra-a pelo hábito, segura firme o pano grosso. – Não, Irmã Teresa. Não aguento mais uma noite assim. Me diga o que tenho de fazer para me salvar, para não arder no inferno. A senhora sabe. Me diga.

– Mas não, Raquel – a freira põe-lhe a mão na cabeça. – Que bobagens estás dizendo. Isto de inferno... Os judeus podem se salvar, sim. Desde que respeitem o seu deus, Jeová.

– Jeová? – o grito de Raquel ecoa no pátio tranquilo. – Jeová? Quem é este Jeová? Não sei de nenhum Jeová. Não adoro Jeová. Não há nenhum quadro de Jeová na minha casa. Nunca me ajudou, o Jeová. Meus pais não rezam para Jeová. Não há igrejas para Jeová. Há sinagogas no Bom Fim, mas nós não vamos lá. É muito longe, não vê? Deve ter alguma coisa que eu possa fazer aqui mesmo, Irmã Teresa. Aqui no Partenon, aqui no Colégio. Se eu for boa, se eu ajudar os outros... Não vou para o céu, Irmã Teresa? Me diga, Irmã Teresa!

O sino toca.

– Tenho de ir – diz a freira. – Amanhã conversamos, Raquel... Amanhã. Até amanhã.

Afasta-se, apressada. Raquel fica parada um instante, depois corre atrás dela. Pisa numa pedra e cai, com um grito de dor.

A freira tinha desaparecido. Raquel tenta levantar-se, mas não consegue. Não pode apoiar-se no pé.

– Irmã Teresa! Eu caí, Irmã Teresa! Acho que quebrei o pé... Está doendo muito. Me ajuda, Irmã Teresa! Me levanta!

Mas a freira não aparece.

– Irmã Teresa! Vem cá! Vem cá, estou dizendo. Irmã Teresa! Teresa! Vem me ajudar! Sem-vergonha, tu não tens de fazer caridade? Não é tua obrigação? Vem cá, bandida, cachorra!

Outras freiras acorrem, espantadas. Ajudam a menina a se levantar, limpam-lhe a roupa. Podes caminhar? – perguntam. Querem chamar um médico. Não precisa, diz Raquel. Mancando, vai para casa.

(Do alto: as ruas do Partenon. O telhado do Colégio. A copa das árvores. As coifas das freiras. Raquel: o cabelo dividido ao meio por uma risca. Os seios pequenos.)

Chega a casa. Onde estiveste? – perguntam os pais, alarmados. Ela não responde. Sobe as escadas correndo, entra no quarto e se atira na cama.

Dias *de fé intensa*. Raquel, ameaçada pelo inferno, toma uma decisão: converte-se ao cristianismo. Mas não publicamente. Não – este prazer ela não dará à Irmã Teresa, e além disso quer poupar à mãe o desgosto.

Concebe para si um cristianismo peculiar, que inclui o culto à Virgem e a Cristo – mas não as orações, nem a missa, nem a confissão, nem a comunhão, nada que torne a religião visível. E mantém em segredo a sua fé, à semelhança dos primeiros cristãos que se reuniam no interior da terra, em catacumbas, para orar diante dos ossos dos mártires e do símbolo de Cristo: o peixe, o animal que se move em silêncio no ventre frio e escuro das águas. Assim operará esta guerrilheira da fé, esta agente secreta, esta cavaleira andante disfarçada: por dentro, cristã; por fora, judia, negando a chegada do Messias e se recusando a fazer o sinal da cruz. E se assim procede, é justamente para fortificar a fé das colegas, demonstrando didaticamente como é feio e triste negar a religião, e como sofre uma alma longe do caminho do bem. Representando este papel, sofre: mas aceita com alegria as recriminações de Isabel, porque vê acender-se na colega a chama do amor à verdade. Sofre muito. Consola-se, constatando que é melhor atriz do que Isabel e Irmã Teresa.

Por fora, ao olho que pousa nela, continua igual: fria, distante, vestida de cinza. Em seu íntimo, porém, está transfigurada. Tem a Virgem dentro de si, em seu templo interior. Mal pode esperar que o dia termine para aí se refugiar. Isto só pode ser feito quando ela está absolutamente só, e mesmo assim com grandes precauções – não vá alguém descobrir o segredo.

À noite. A família Szenes está reunida na sala. O pai estuda textos latinos, a mãe folheia um velho álbum de fotografias; Raquel termina seus temas. Parece absorta, mas de vez em quando olha furtivamente para os lados, ou espia para a rua, pela janela.

– Terminei.

Fecha os cadernos, beija os pais e sobe para o quarto, contendo-se para não galgar os degraus de dois em dois. Se soubessem como seu coração bate, como os olhos brilham! Mas ela sabe dissimular.

Tranca-se no quarto, tira toda a roupa e se mete, nua, entre os lençóis frios. Espera até se aquecer, pois quer entrar no Templo de faces bem coradas e com as têmporas latejando.

Quando se julga pronta, murmura a prece feita por ela mesma, a oração-senha:

Virgem Maria, aqui estou
abre a porta, eu quero entrar.
Tudo que é meu eu te dou,
mas deixa-me, por favor, te abraçar.

Após alguns segundos de expectativa sente – no ventre – abrirem-se as grandes portas do Templo. O ranger dos gonzos provoca-lhe arrepios de medo, de excitação, de alegria. As portas estão abertas; a claridade que vem lá de dentro deslumbra-a. Ainda hesita: será digna? É digna, por Deus, é digna! Purificada pelo sacrifício, retemperada pelas preces – quem mais digna do que ela? Avança, confiante, jubilosa, penetra no interior majestoso, iluminado por milhares de velas. Percorre lentamente a grande nave, enlevada pela visão maravilhosa.

É uma catedral que ela tem dentro de si. Altares com imagens e castiçais; guirlandas; nichos, capelas; sarcófagos de santos. No fígado. Nos ovários. Na bexiga. No útero.

Diante do altar da Virgem se ajoelha, pede perdão por seus pecados. Durante horas reza e se lamenta – até que finalmente sente-se perdoada. Quando o olhar carinhoso da Mãe a convida a subir ao altar para abraçá-la, uma violenta convulsão sacode o Templo. As imagens estremecem e caem, os altares desabam, as velas se apagam, a ventania entra pelas portas violentamente arrombadas. Raquel geme de dor, tenta se agarrar a um altar. Os abalos não cessam. Por fim, ela abre os olhos.

A primeira coisa que vê é a janela, escancarada. Por ali entra um ventinho frio, e a luz da manhã. Alguém bate à porta:

– Acorda!

É o pai, chamando-a para ir ao Colégio.

Há outra judia na aula, descobre.

Beatriz Mendes. Esta menina é baixinha e trigueira; tem buço e um olhar furtivo.

Diligente, já obteve duas medalhas de religião. Mas Raquel nota nela atitudes estranhas. Quando faz o sinal da cruz, por exemplo: a mão segue o trajeto habitual, mas os dedos não tocam a testa nem o peito. E será que não cruza os dedos em figa quando responde a perguntas sobre catecismo?

Fala de suas dúvidas a Miguel. Beatriz Mendes? É judia, sim – afirma Miguel. Como é que tu sabes, Miguel? – pergunta, intrigada. O que é que não sei? – ele, com um sorriso.

Esclarece: conhece o pai de Beatriz Mendes, um judeu sefaradi, descendente de espanhóis.

Então é assim, murmura Raquel. Sefaradi! Mas ela vai ver.

No dia seguinte, à hora do recreio, vê Beatriz Mendes entrar no banheiro. Segue-a.

Estão as duas sozinhas ali. Na frente do espelho, Beatriz penteia-se, cantando baixinho. Raquel aproxima-se por trás, torce-lhe o braço:

– Te peguei, judia!

Passado o susto, Beatriz nega, diz que não é judia coisa nenhuma. Raquel, olhando-a bem na cara, insiste: tu és judia, eu sei que tu és judia. Quer que Beatriz confesse, torce-lhe o braço: chorando, Beatriz confessa: sim, é judia, mas o pai não quer que ninguém saiba, ele também está deixando de ser judeu; a mãe é católica, vai à missa...

– Não me interessa – diz Raquel. – Tu não vais rezar mais. Nem fazer o sinal da cruz.

– Por que não, Raquel? – Beatriz, soluçando.

— Porque não. Porque tu não és católica. Isabel vai mudar de lugar, tu vais te sentar perto de mim. E na hora da reza, nós duas vamos ficar em silêncio. Em silêncio, ouviste? Quietas. Mudas.

— Mas não, Raquel! — Beatriz treme. — Não posso fazer uma coisa destas, Raquel! Meu pai me mata!

— Está bom. Te mata. Mas tu não rezas.

— Chega, Raquel!

Tenta sair. Raquel segura-a.

— Me deixa sair, Raquel!

— Não.

— Me deixa sair!

— Só se tu prometes que não vais rezar.

— Não posso, Raquel! Não posso prometer!

— Promete.

— Mas Raquel —

— Promete.

— Me deixa sair, Raquel. Não quero mais brincadeiras.

— Nem eu. Promete.

— Não posso, Raquel! Será que tu não entendes?

— Promete.

— Puxa, Raquel! Eu não sabia que tu eras tão ruim!

— Sou. Promete.

De repente, Beatriz se desespera, tenta abrir caminho à força. A feroz Raquel derruba-a, joga-se por cima dela. E ali fica, oprimindo-a com o peso de seu ódio e sentindo verdadeiro prazer no exercício deste jugo cruel; quanto a Beatriz Mendes, contrai seus fracos músculos e mexe-se como um verme ferido, sem poder desprender-se das garras implacáveis. Raquel quer uma confissão, uma retratação, um auto de fé; Beatriz não se submete. As colegas acorrem e separam-nas.

Raquel está contente; deu uma boa lição à fingida – e pretende continuar.

Naquela noite bate em vão às portas do Templo: Santa Maria, abre! Tem pena de mim, está frio aqui fora! Virgem Santa, por que fazes isto comigo? Abre, quero te abraçar!

As portas não se abrem. Raquel geme e chora até a madrugada. Mas as portas não se abrem.

De manhã, enxuga as lágrimas. Não querem se abrir, as portas? Não se abram. Raquel pouco está ligando. Que sabem as portas de sua missão? Nada. Fiquem fechadas. Quando Raquel terminar seu trabalho, ordens virão do alto e as portas cairão por si. Não perdem por esperar.

Dedica-se a reforçar seu domínio sobre Beatriz Mendes.

Cria um código. Com um discreto aceno de cabeça, permite que Beatriz se levante durante a oração; ao mesmo tempo, crispa os lábios – sinal de que a outra deve permanecer calada: levanta, mas cala. Levanta, calada. Calada! Calada. Isto.

Beatriz aceita bem as ordens. É verdade que, às vezes, pequenos torvelinhos de rebeldia se formam no rosto dela – vincos na testa, tremor de queixo. Raquel não se perturba. Limita-se a manter crispados os lábios. A mínima energia que usa para isto irradia-se dela, multiplica-se como por magia e, por cima da cabeça das meninas, atinge Beatriz, envolvendo-a, paralisando, esterilizando-a dos germes de rebelião que possam tomar conta do corpinho frágil – território antes conflagrado, mas agora pacificado. Aos poucos, o rosto de Beatriz vai se esvaziando dos sinais de tormento, tornando-se uma superfície plácida, inconspícua entre tantos outros rostos, e objetos – armário, crucifixo de marfim, quadro-negro. Janela.

Raquel vai deixando de fazer sinais. Cada dia contrai menos os lábios, sem que nenhuma reação se esboce em Beatriz. Seu domínio é total. Beatriz nunca mais cortejará Maria.

As colegas estranham os modos de Beatriz, perguntam-lhe se está doente. Beatriz não quer responder, se afasta. Chora.

A mãe da menina vai ao Colégio. Ela, Beatriz e Irmã Teresa fecham-se numa sala.

Naquela tarde, Ferenc recebe um telefonema na loja. É Irmã Teresa. Conta-lhe o que está acontecendo, pede-lhe que compareça ao Colégio: o caso é grave, de expulsão.

– Raquel!

Raquel acorda: alguém a chama. Senta-se na cama, assustada, vê a sombra que se projeta sobre a colcha branca, vira-se para a janela: há alguém ali. Antes de gritar, reconhece-o: Miguel.

Salta da cama, corre para a janela, ajuda Miguel a galgar o peitoril. Como é que subiste aqui, Miguel? Ele mostra a árvore, a sacada do quarto ao lado; vim te avisar, diz, ofegante. Conta do telefonema que Ferenc recebeu.

– É verdade, esta história, Raquel?

É verdade, diz ela, sentando-se na cama. Que merda! É verdade. Tu tens de fazer alguma coisa, diz Miguel. Fazer o quê? – Raquel encolhe os ombros. Não há nada que fazer. Vou dizer a verdade, e pronto. Mas aí vão te botar para a rua do Colégio! Miguel aflito. Que me botem para a rua, então, não posso fazer nada.

Ficam em silêncio algum tempo, sentados na cama.

Foge, diz Miguel voltando-se para ela. Fugir para onde? – Raquel acha graça. Foge, vem lá para casa, te esconde uns dias, até eles se esquecerem. Não esquecem, Miguel, não esquecem; gente malvada não esquece. O pai, a Irmã Teresa? Não esquecem. E depois – Raquel suspira – eu tenho de ir lá; é a vontade de Deus. Não, diz Miguel, não é a vontade de Deus, posso te garantir. Não é a vontade de *teu* Deus, diz Raquel, é a vontade do *meu*.

Miguel levanta-se, caminha pelo quarto: não, não é a vontade de Deus. É sim, diz Raquel, é a vontade de Deus. Não é, diz Miguel, saindo pela janela. Fica de pé sobre o largo peitoril, num equilíbrio precário, e de lá passa à sacada. Raquel acompanha-o. Da sacada ele faz sinais para ela: não é, não. Da árvore: não, não, não. Salta para a calçada: não. Sobe a rua; volta-se às vezes, sacudindo a cabeça: não. Perseguem-no os cães latindo.

Raquel volta para a cama. Resignada, cobre-se bem, e logo adormece, um sono bruto, pesado.

Acorda com um uivo dorido: a Virgem, chorando? Pula da cama, vai à janela. São os bombeiros: o Colégio está incendiando.

Para pela segunda vez, na Avenida. Estaciona o carro, desce, entra numa lanchonete. Senta ao balcão, entre vários fregueses que tomam café. Uma laranjada, pede à moça que a atende.

Toma rapidamente a laranjada, pergunta quanto é. A moça diz, ela franze a testa:

– Tão cara? A laranjada pequena?

– A que a senhora tomou é grande – diz a garçonete.

– Grande? Eu não pedi grande. Não tomo grande. Grande não. Grande não pago.

Os fregueses se voltam. O copo é grande, diz a moça, a senhora podia ter reclamado quando eu servi.

– E como vou saber que este copo é grande? – grita Raquel. – Como é que eu vou saber que vocês não têm um copo maior? Para mim esta laranjada é pequena. É pequena. Só pago pequena.

Tira da bolsa a quantia certa para pagar a laranjada pequena, e se vai, apesar dos protestos, da moça. Saiu-se bem.

Raquel não quis mais voltar à escola naquele ano, nem em nenhum outro ano. Tudo o que sei, a vida me ensinou, diria mais tarde. O pai não lhe perdoou. Passou muito tempo sem falar com a filha.

A mãe não queria que ela ficasse em casa, ociosa. Mandava-a às aulas de piano de dona Maria Siqueira. Foi lá que Raquel conheceu Débora. Esta menina judia do Bom Fim estudava piano há muitos anos, e tinha passado por várias professoras. Queria ser uma intérprete famosa; estava longe disto, segundo dona Maria Siqueira; mas não desanimava. Vinha até o Partenon, e iria a bairros mais distantes, se fosse preciso.

Era uma boa criatura; risonha, tagarela. Feia: gorda, ruiva, um pouco estrábica, de pernas grossas e seios grandes. Esperava que Raquel terminasse os exercícios, iam à confeitaria, comiam doces, tomavam grandes copos de laranjada; conversavam muito. De repente olhava o relógio, assustada: é tarde, minha mãe vai me matar!

Corriam para a parada do bonde. Raquel propôs: pede para a tua mãe para ficares na minha casa nos dias de aula; tu jantas com a gente, depois dormimos juntas no meu quarto. Débora aceitou, muito contente. Ferenc é que não gostou da ideia. Mas Raquel não se importava com as reclamações dele.

Depois do jantar subiam as duas para o quarto. Raquel tinha cigarros escondidos na prateleira de livros. Ficavam fumando e conversando, sentadas no chão.

Queixavam-se dos pais. O meu, diz a Débora, é um ignorante, um cavalo; me xinga, me bate. Quer que eu me case de uma vez para se ver livre de mim. Mas o que é que pode se esperar de um marceneiro, de um ignorante que mal sabe ler e escrever? O teu pai, não, teu pai é culto. Cultura não é nada, dizia Raquel, consolando-a. Nada. Precisavas ver o que o meu pai me incomodou por causa deste tal de latim: me botou num Colégio de freiras.

Conversavam até a madrugada. Débora falava dos rapazes que tinha amado, muitos. Mas onde os conheceste? – perguntava Raquel, um pouco despeitada; levava uma vida de freira, ali no Partenon, o dia inteiro em casa, ajudando a mãe, saindo só para as aulas de piano ou para um cinema, de vez em quando, com os pais. Nos bailes, respondia Débora, nos bailes do Círculo; tu deverias vir a um baile comigo, gostarias muito, tenho certeza. Meu pai não vai deixar, murmurava Raquel com os olhos cheios de lágrimas, ele faz tudo para me contrariar. Débora abraçava-a.

Débora. Teve de abandonar os estudos de piano; os pais, pobres, não podiam pagar as aulas. Aprendeu datilografia, arranjou um emprego. Cada vez que se sentava à Olivetti, imaginava estar diante de um piano Pleyel. Mas era o retrocesso que ela percutia, não o ré nem o fá; cometia muitos erros e era frequentemente advertida, até que casou e deixou o emprego.

Às sextas-feiras era a vez de Raquel ir à casa de Débora. Tomava o bonde na frente do Hospital São Pedro; descia no Cinema Avenida, contornava o Parque da Redenção (tinha medo de andar nas aleias, entre as árvores), atravessava a Avenida Osvaldo Aranha e chegava à casa de Débora bem a tempo de assistir à cerimônia do Shabat. A mãe de Débora acendia as velas, o pai resmungava a bênção; jantavam – salada, sopa, peixe – o homem mastigando ruidosamente e arrotando às vezes. Débora ficava vermelha. Raquel desviava os olhos.

Depois do jantar, refugiavam-se no quarto de Débora. Outras amigas dela chegavam; vinham ver Raquel, a menina do distante Partenon; admiravam-lhe as mãos de dedos longos, a altiva beleza do rosto; pediam-lhe para contar sobre o Colégio de freiras, comoviam-se com o sofrimento da exilada (do Templo oculto, Raquel nada dizia). Ansiavam por fazer alguma coisa pela irmãzinha; o Círculo anunciava o grande baile da Independência; insistiram para que fosse. Raquel hesitou, acabou concordando. Riram, se abraçaram. Ligaram o rádio, dançaram.

O par de Raquel era Débora.

Apesar de obesa, Débora bailava leve, leve. Raquel deixava-se levar de olhos fechados, como se estivesse no dorso de uma grande e suave vaga; ou sobre um grande animal macio – o urso Dindinho; ou num planeta de algodão. Como era gostoso estar na zona de gravidade daquela boa gorda, respirando a cálida atmosfera que ela gerava! Era amor, o que Raquel sentia por Débora. Amava o rosto redondo, os olhos vesguinhos, um pouco irônicos, um pouco ternos, um pouco apatetados; amava o pescoço sólido, as grandes tetas, as coxas fortes como colunas.

Rodopiavam como loucas, caíam no chão, e ali ficavam, rindo, ofegantes.

Ferenc não permitiu que ela fosse ao baile. Quem não estuda, não vai a bailes – disse. E tem mais, acrescentou, estás proibida de andar com esta judia de gueto, esta Débora. Não quero que ela apareça aqui.

Não voltou atrás, apesar do choro de Raquel, e dos pedidos de Maria, e até de Miguel, que, na loja, intercedia pela menina. Tu, cala a boca e cuida do balcão – dizia-lhe Ferenc, irritado.

Raquel encontrava-se com Débora às escondidas, nas matinês do Cinema Avenida. No escuro, abraçavam-se e choravam, enquanto o público ria com as proezas de Bud Abbot e Lou Costello. Raquel refugiava-se no corpo grande e quente, molhava-o de lágrimas.

– Calma, Raquel, calma – Débora. – Isto passa, tu vais ver.

– Passa nada.

– Passa, sim. Passa.

Passou. Raquel parou de chorar. Com olhos secos compartia com os pais a comida, a casa. Os móveis.

À mesa. Antes, era a mesa que os unia. À mesa se agarravam, como a uma tábua de salvação nas noites de inverno. Sobre eles, uma lâmpada. Na rua, escuridão; no resto da casa, escuridão; debaixo da mesa, escuridão. As pernas – deles e da mesa – estavam mergulhadas em escuridão. (Que estranhos seres por ali deslizariam? Carnívoros ansiosos por devorar a carne das coxas?). Mas os bustos, os braços, as cabeças, estavam acima da linha de flutuação, salvos pela mesa. Mesmo que a parte inferior do corpo estivesse perdida, poderiam sobreviver com o que restava. Entregavam as pernas, o ventre com suas vísceras; mas ficavam com o peito, onde batia o puro coração, onde respiravam os pulmões impregnados do ar cálido e úmido, saturado de vapores do bom chá; com os braços, com as mãos limpas e decentes; com o pescoço; com a cabeça – com o esperto miolo, com os olhos mansos e cheios de ternura, com a boca que sorvia o chá e, adoçada, emitia palavras, histórias da Hungria; com os ouvidos, sensíveis a estes sons, música.

A mesa agora os separava. Contra sua dura borda, os peitos se chocavam. A mesa agora impedia-os de se avançarem, de se retaliarem. Contidos, deixavam seu rancor extravasar sobre a toalha manchada. Isto era a mesa, agora.

E as camas? As camas antes eram barcos: um barco grande e um barco menor, quase uma flotilha, navegando toda a noite num mar de sonhos. De madrugada, a tripulante do barco pequeno corria a abordar o grande, cujo comandante resistia o quanto podia. Capitulava, por fim, e confraternizavam todos, assaltante e assaltados, debaixo dos cobertores.

As camas agora eram casulos frios. Ficavam ali quietos. Mexiam-se o mínimo possível; enrolavam-se nos cobertores, fingiam dormir. Mas não dormiam. Salmodiavam baixinho suas queixas. Filha ingrata. Pai desnaturado. Mãe insensível. Filha perversa.

Assim estava a casa do Partenon. Terreno minado. Intrincada rede de túneis, de cloacas, no subsolo, emanando gases venenosos. Crosta adelgaçada: o assoalho tremia a cada passo, os móveis estremeciam, os copos tilintavam. O que era aquilo? Diabo, resmungava o pai. Diabo, resmungava a mãe. Diabos, resmungava Raquel, e se refugiava no quarto, trancando-se a chave.

Tirava toda a roupa e se deitava; desejaria ficar completamente imóvel, sem pensar em nada. Mas as mãos não paravam quietas.

A mão direita era a mais endiabrada. Estava sobre o travesseiro, ao lado da cabeça, com a palma para cima. Deslocava-se lentamente até encontrar pele: a do rosto. Passeava pelo pescoço, pelos seios, descia ao ventre, detinha-se na raiz das coxas. Aguardava, impaciente, certo chamado. Um arfar mais rápido do peito, uma sensação de calor, eram os sinais premonitórios: a mão entrava em alerta máximo. Logo vinha a ordem tão ansiosamente esperada e ela se movia, descendo para o vale, onde tornava a parar. Nova expectativa. Desta vez eram os dedos que se mostravam inquietos e alvoroçados. Qual deles seria o escolhido? Eram muitos – cinco só naquela mão, sem contar os da canhota. A canhota estava longe, a canhota parecia desinteressada, nem tinha se mexido – mas era traiçoeira. Poderia se aproximar de repente e entrar na liça. Quanto aos dedos dos pés, suas possibilidades eram muito menores. Espécie de párias, estavam proibidos de participar na competição. Contudo, aqueles sujeitinhos pequenos e malcheirosos tinham ousadia. Reclamavam pretensos direitos através de seu porta-voz, um grande artelho de unha grossa como casco, cheia de lesões micóticas. Tipo muito desagradável. Sabia que os dedos das mãos tinham mais experiência, mais habilidade e delicadeza. Mesmo assim reivindicava! Que atrevimento! Esquecia as compensações concedidas aos dedos dos pés: por exemplo, o contato estimulante da grama úmida do campo, quando dos piqueniques de verão. É outra grama que queremos, outro piquenique, resmungava o vilão; não havia diálogo possível. Ameaçava: não transportaremos mais o corpo, nos inflamaremos etc. Era, porém, suficiente acenar-lhe com certos sapatos apertados, e ele se calava. Os dedos da mão esquerda também protestavam; mas, embora a contragosto, tinham acabado por aceitar a superioridade da destra.

Enquanto esperavam, os dedos da mão direita conversavam sobre futebol, bebidas, mulheres, negócios – os assuntos habituais nas rodas masculinas. Mas – falavam muito e com volubilidade, riam alto demais, e moviam-se sem cessar. Inquietos. Ansiosos.

Esperavam. De súbito, sem que nenhum anúncio fosse feito, sem que nenhuma palavra fosse dita – sentiam que um tinha sido escolhido.

O felizardo nem podia acreditar; mas logo estava soltando brados de alegria: mas sou eu, logo eu, quem diria!

Os companheiros o felicitavam; com um pouco de inveja, é certo; com entusiasmo, ainda que forçado. De qualquer maneira eram cordiais e até ajudavam nos preparativos, embora pensando, logo quem, logo o Mingo!

Pois era o Mingo, mesmo; o menor, o mais frágil. Por que teria sido o escolhido? Não lhes cabia discutir e sim estimular: meus parabéns, Minguinho, tu és o homem! Vai em frente, velho, mostra o que vales! E outros: aí, Minguinho, vais passar bem, tu que és feliz! O Mingo não cabia em si de contente; desvencilhava-se dos companheiros, despedia-se, sumia na mata espessa.

Os outros ficavam esperando, uns risonhos, outros despeitados. Claro, a escolha fora benfeita: o Mingo tinha seu valor. Parceiro para qualquer tarefa, nunca se queixava do trabalho. E tinha bom caráter, o pequeno dedo: modesto, discreto, estoico. Mas daria conta do recado? Aguardavam para ver.

Voltava o Mingo: cansado, mas feliz; radiante. Que tal foi? perguntavam os outros. Ele quase nem podia falar. Conta! – insistiam. Ah, se vocês soubessem – arquejava. Os outros rodeavam-no, impacientes: fala, rapaz, conta! Mexeste? Se mexi? Mexi em tudo! Tive de me virar como o diabo no caldeirão, mas valeu a pena. Onde é que eu não estive, meus amigos! Onde é que eu não estive... E como estava bom, nos lugares onde estive...

Descansava um pouco, sob os olhares admirados, mas logo estava perguntando: e vocês aqui fora, notaram alguma coisa?

Se tinham notado! Gritos, e gemidos – e um tremor, um tremor naquela barriga e naquelas coxas, um tremor de terremoto! Tivemos de nos segurar!

E finalizavam, sorridentes: foi obra tua, Mingo! Tu és o máximo, magrinho!

Ora, dizia o Mingo, modesto, em meu lugar qualquer um de vocês faria o mesmo – até o Polegar. Riam: quem, o gordo? Este gordo não pode nem se mexer! E mesmo que se mexesse, não conseguiria entrar! E mesmo que entrasse – num minuto estaria bufando, fora de combate! Não amolem, resmungava o Polegar. Riam da raiva dele, felicitavam de novo o Mingo. Depois, cansados de tanta emoção, acomodavam-se na cama, sob o cobertor, e ficavam quietos. Todos, menos o Mingo; ele era todo um feixe de sensações. A pele tinha agora uma esquisita sensibilidade, vibrações percorriam seus pequeninos músculos. Por fim, também ele se aquietava: dormia, a Raquel.

Eu não.

Um dia, Raquel acordou e encontrou na mesa de cabeceira uma caixinha de cetim azul. Abriu-a: um anel de brilhantes.

– Feliz aniversário!

O pai e a mãe irromperam no quarto, jogaram-se sobre ela, abraçando-a, beijando-a. Ela, surpresa, beijava-os também: reconciliavam-se.

Foi trabalhar com o pai, na loja. Familiarizou-se com duplicatas, recibos, faturas, balancetes. À hora do almoço falavam de negócios, pai e filha; a mãe escutava, encantada. Tudo estava bem. Se o olhar de Raquel às vezes parecia perdido, o que importava? E se seus lábios em ocasiões se crispavam? Nada, nada. Tinha vinte anos.

Na loja era ativa. Como tu és ativa, admirava-se Miguel. Eu sou a que está em toda parte, respondia. De fato: no escritório, no depósito, no balcão, aparecia em tudo quanto era lugar, dando ordens, fiscalizando. Nem Miguel escapava à sua vigilância. Meio distraído, Miguel. Há anos não ia para o São Pedro, mas estava cada vez mais avoado. Vivia nas nuvens. Raquel chamava-lhe a atenção.

Muitas vezes substituía uma balconista que tinha faltado. Numa destas ocasiões, estava ao balcão, conferindo o talão de notas (muito erro tinha descoberto assim, talvez até roubos), quando:

– Vocês têm chave-inglesa?

– Sim, senhora – levantou a cabeça, soltou um grito:

– Isabel!

– Raquel!

Rodearam o balcão, correram a se abraçar: Isabel! Raquel! Isabel! Raquel! Os empregados olhavam-nas, espantados. Elas porém não ligavam: acabavam de descobrir que os nomes rimavam, isto as divertia, riam:

– Rimam! Rimam!

Atravessaram a avenida, correndo entre os automóveis; entraram num bar, sentaram-se a uma mesa do fundo, pediram guaraná e doces. Me conta, Isabel, me conta da tua vida! – pedia Raquel.

Isabel contou que tinha terminado o ginásio, e depois fora trabalhar numa loja, e aí conhecera o Francisco, Francisco Kovalski, um homem simples, mas muito bom; pobre – mecânico de automóveis – mas trabalhador, religioso, sem vícios. Estavam casados há dois anos, moravam ali mesmo no Partenon.

– E tu, Raquel?

Raquel tomou um gole de guaraná, acendeu um cigarro.

Trabalhava na loja, e ia vivendo.

Isabel olhava-a com admiração. Me dá um cigarro, pediu. Acendeu-o, desajeitada, tossiu, riu: nunca tinha fumado. Pegou a mão de Raquel:

– Tu precisas aparecer lá em casa. Vem jantar com a gente, vem.

Raquel hesitou; disse que andava muito ocupada, era época de balanço; mas acabou aceitando o convite. Combinaram o dia, voltaram à loja. Raquel espalhou várias chaves-inglesas sobre o balcão; Isabel escolheu uma; concluíram a transação e se despediram.

Raquel indo à casa de Isabel, tocando a campainha da pequena casa de madeira pintada a óleo com um jardinzinho na frente, Raquel com uma caixa de bombons na mão, o que não poderia imaginar? O que não poderia imaginar é que aquele homem, o Francisco, iria impressioná-la tanto. Como poderia adivinhá-lo alto, de olhos azuis – e coxo? Coxo. Imponente como uma estátua, mas vacilante na base, o que decerto era a causa de seu sorriso tímido.

Claro, poderia antecipar Isabel dizendo, não repara, é casa de pobre; e o jantar – sopa, salada de batatas com repolho, galinha assada – sendo servido na melhor louça; e os anfitriões se atrapalhando toda a hora; e depois do jantar eles todos passando para a sala de visitas, sentando nas poltronas de plástico vermelho; Isabel correndo à cozinha para preparar o cafezinho; ela, Raquel, oferecendo um cigarro ao Francisco – ele recusando, muito vermelho, homem sem vícios que era.

Agora – que Francisco se ofereceria para levá-la a casa em seu velho automóvel, ela jamais teria imaginado. E que a teria convidado para um passeio, menos ainda. Quando viu, estavam em Ipanema, caminhando na praia, sem sapatos. A noite era quente.

Será? Será que não estava tudo previsto? Não que ela conhecesse Francisco – não o conhecia, nunca o tinha visto e mesmo quando Isabel lhe tinha falado dele não o imaginara assim – loiro, olhos azuis, coxo.

Mas o corpo de Francisco, este, ela conhece há muito tempo.

De certos sonhos. A princípio, trata-se apenas de um confuso borrão esbranquiçado; lentamente adquire forma, e então surge completo, o corpo coberto de pelos loiros. (O rosto é menos preciso, mas o rosto não interessa tanto.) Ela faz o que quer com aquele corpo; manipula-o à vontade; veste-o, por exemplo, com um macacão de mecânico, só para ver como é que fica. Despe-o, deixa-o jazer sobre a cama nu. E aí não resiste, abraça-o amorosamente, beija o peito, os braços, a barriga. Acorda-o, para que a acorde. Dá vida ao corpo. *Imita aquele que tirou do barro o primeiro homem.*

O seu homem. Agora está deitada ao lado dele. Chama-se Francisco. Conheceu-o há um mês; há vinte dias descobriram esta casa de cômodos, em Teresópolis; e aqui se encontram, furtivos, todos os dias, às seis da tarde. Ela tem de sair mais cedo da loja; tem de tomar um táxi, porque ele não gosta que ela chegue tarde – ele também vem depressa, quem menos corre, voa.

Deitam-se, amam-se – e pronto, já passou. Para onde foi? Por que buraco se escoou? Onde está agora? A paixão. Onde?

Não estão preocupados, ainda têm muita, com eles. Paixão. Muita.

Francisco se levanta, se veste. É sempre ele quem sai primeiro: eles já têm suas rotinas. Raquel ri, vendo-o tropeçar nos sapatos; debocha, chama-o de coxo.

Francisco ri também, beija-a, sai. Ela deixa-se ficar deitada. Está quase adormecendo. De repente, abre os olhos: alguém a espia. Corre para a janela: ninguém. Veste-se, pensativa, e sai.

Na rua, volta-lhe a alegria. Vai a pé até o Partenon. Quer caminhar entre gente, embora tenha pena destas pessoas de testa enrugada e de olhar apreensivo e de boca seca. Pudesse repartir sua felicidade, a súbita sabedoria! Por que não reuni-los, num gigantesco comício? Todos, até os loucos, os tuberculosos. Por que não lhes pregar amor?

> Ó vós que estais aqui
> sabei todos de uma vez
> que esta que vos fala, e ri,
> faz amor a dois por três.

Rios de amor nas ruas do Partenon. Peixes de amor a serem pescados, escamados, fritos, comidos. O amor saboreado, incorporado à substância dos corpos. Amor, alimento.

O tempo do amor – um mês. Maratona, seminário de amor. As mãos daquele homem, daquele Francisco, de que habilidades são capazes! Mãos de fada, de diabo; tangendo-a, fazem que vibre como harpa – a princípio, pequenos sons, suaves acordes, um crescendo depois. *Majestoso*! Diabo titilador. Adágio, alegro, deixa-a louca com aquelas mãos enormes, com aqueles dedos grossos, de unhas sujas. Quem diria que, com instrumentos de tal forma primitivos, o mecânico haveria de trabalhar tão bem? Quem diria?

Eu diria. Eu disse – tudo o que foi dito, eu disse.

É que – admite ela com um risinho – a matéria-prima é boa. Há um macho, mas há uma fêmea também.

Os dois na minha frente, fazendo aquelas coisas no lugar que deveria ser o jardim de delícias, o Paraíso: castiguei-a. A mim pertence o castigo.

Está tudo bem, mas de repente temores ocultos atormentam-na, fantasias.

Uma fantasia: *fusão*. Estão juntos, ela e Francisco, se beijam, bom, se amam, muito bom – mas na hora de se separarem, não dá. Riem, porque acham que é coisa normal, um espasmo. Esperam alguns minutos, fumando. Tentam se separar de novo. Não conseguem. Entregam-se a tentativas desordenadas: puxam, empurram, torcem, golpeiam. Inútil tudo, serve apenas para fatigá-los e enervá-los. Ele fica nervoso, diz que é maldição, um castigo por terem pecado. Cala a boca, ela grita, não diz bobagens; não é coisa do outro mundo, a gente resolve. E diz o seu plano: devem sair e procurar um médico. Será que o médico sabe o que fazer? pergunta ele, meio em dúvida. Claro que sabe, ela garante. E comanda: te levanta. Levantam-se.

Difícil, caminhar. Gemem e arquejam a cada passo, o que não impede que ela graceje: como animal de quatro patas funcionamos mal, diz.

Ao chegarem à porta ele se precipita: quer correr, perdem o equilíbrio, caem. Exaustos, ficam deitados algum tempo. Quando tentam se levantar, notam que os movimentos ficaram ainda mais torpes. Por quê? – indaga-se ela. Examina-se, examina-o. Com espanto e horror nota que os dois têm agora três pernas. Uma – não sabe se dele ou dela, se peluda ou não – sumiu. Ele, sem dúvida, nada percebeu; insiste em que se levantem. Ela concorda, mas recomenda coordenação: mesmo um tripé há de ter equilíbrio; pensa. Rolam, saltam, rastejam, deslizam, sem resultado: não conseguem se pôr de pé, não conseguem chegar até a porta, não conseguem nada. Uma vez ela levanta a cabeça e vê apenas dois pés. Ele agora já notou, chora baixinho. Ela quer se afastar um pouco, quer dizer coisas corajosas, mas não pode: as mamas de ambos, homem e mulher, estão fundidas, e os ventres já começam a aderir. Ele solta um grito terrível, o último de sua vida: no instante seguinte as bocas estão unidas para sempre. Os olhos de um olham o pavor nos olhos do outro. Depois não veem mais nada, os olhos.

Eu sou o lobo que tudo vê. Eu.

No outro dia, o que é que a faxineira vai encontrar? Um punhado de cabelos. Só.

Outra fantasia. *O diabo do Partenon*. Ela, no inferno, deitada de pernas abertas, junto ao lago de fogo. Vem o diabo e enterra-lhe o tridente.

Outra. *O pescador*. Ela está deitada, de pernas abertas, às margens do Arroio Dilúvio. Emerge das águas o pescador. Faz um movimento hábil com o caniço. Ela sente uma dor aguda entre as pernas. Está fisgada.

Outra. *A coluna*. Ela está de novo deitada, de novo com as pernas abertas. Desce do alto, lentamente, a coluna da eternidade. Ela vê, pela primeira vez, a base. Não parece metal; parece matéria viva, aquela superfície rugosa e úmida, cheia de saliências e reentrâncias, semelhante a um enorme fungo. Se ao menos tivesse a coifa lisa e macia de certos cogumelos, mas não: penetra-a lenta e dolorosamente.

Outra. *O pequeno pássaro cinzento*. Deitada, sempre deitada de pernas abertas. Vem o pequeno pássaro cinzento, o pássaro de voo rápido, vem direto, penetra-a sem erro. Pequena dor... Não seria nada, se o pássaro ficasse bem quieto, se fizesse nela o seu ninho, se chocasse em silêncio os ovinhos. Mas não, o pássaro não para, voeja dentro dela, bica aqui e bica ali, atormentando-a – e quase a matando de gozo.

Pássaro louco, o que quer, afinal? Alpiste? Ou a coluna da eternidade? Se é a coluna da eternidade que busca, que a raspe com a ponta da asa, que tire quanto pó de aço quiser, mas que a deixe em paz, que se vá, que não volte antes de mil anos. Pássaro louco.

Isabel abandonou o marido, refugiou-se na casa dos pais.

Durante três dias Francisco não foi à oficina, quase não comeu, não queria fazer amor, nem tirar a roupa, nem fazer a barba. Raquel sofria com ele.

– Estou a teu lado, Francisco.

Quase não aparecia na loja. O pai estranhava: onde é que andas? O balanço está atrasado. Tenho uns assuntos a resolver no centro, respondia ela, não me incomoda. Não tenho culpa de morarmos no Partenon, tão longe do centro, foste tu quem escolheste o bairro.

Quanto a Miguel, olhava-a sem dizer nada. Pai, Miguel! Não queria nada com eles. Queria era estar ao lado de Francisco. Francisco precisava dela. E ela não deveria desanimar – era de aproveitar a oportunidade para passar tudo a limpo, para começar vida nova. Traçava planos: tu vais pedir o desquite, nós nos casamos. – Na sinagoga eu não caso, gritava Francisco. Ela se calava, mas voltava ao assunto; dura, persistente que era. Francisco acabou concordando com tudo: desquite, casamento; tudo.

À mesa, no almoço, ela anunciou a decisão aos pais. Falou de Francisco com olhos úmidos; é um bom homem, vocês vão gostar dele, é muito simpático. Cometeu um erro com o casamento, é certo, mas sempre se pode voltar atrás.

O pai não disse nada. Jogou o guardanapo para o lado, levantou-se, subiu as escadas lentamente.

A mãe ficou sentada, chorando, um homem destes, minha filha, um desconhecido, sabe lá quem ele é, um gói, e casado ainda por cima... É gói, sim, gritava Raquel, e daí, o que é que tem, gói é gente, e Francisco é muito melhor do que os judeus do gueto.

– Chega! – gritava Maria, e agora se levantava, enfurecida. – Chega! Cala a boca! Diaba! Diaba ruim! Sai daqui, diaba! Vai para o inferno; diaba! Vai lançar tuas maldições para lá, diaba, diaba!

Brigavam todos os dias. Ferenc não suportava aquilo: sentiu-se mal, Maria teve de chamar o médico. A conselho deste, viajou. Foi para São Paulo.

Maria ficou, mas chorava constantemente: um pranto agudo, monocórdio. Durante anos todo este choro estivera contido, represado; agora se esvaía por um minúsculo orifício, produzindo aquele som peculiar, sibilante, que perseguia Raquel dia e noite. Uma noite ela acordava com um uivinho melancólico. Levantava-se, ia até a porta do quarto: era a mãe, chorando. Na noite seguinte, acordava com o mesmo som: era o minuano assobiando na janela entreaberta. Fechava a janela, mas já não dormia. E às vezes era a mãe, às vezes uma gata solitária; às vezes a mãe, às vezes a sirena dos bombeiros num bairro distante. Raquel passava a noite revolvendo-se, tentando libertar-se da teia de sons que a cidade produzia para enredá-la. E nem algodão nos ouvidos adiantava, nem ligar o rádio bem alto; o choro lá estava, o mesmo choro que tornara célebre a carpideira de Budapeste.

No século dezessete esta mulher emocionava a Hungria com seu pranto desesperado; era contratada para os enterros da gente rica. Ganhou muito dinheiro, emprestou a juros altíssimos, levou cidadãos respeitáveis à ruína. Foi julgada, condenada à morte e executada pelo método em voga naqueles tempos – o carrasco fez-lhe cócegas nos pés, até que ela morreu de rir.

Raquel nunca achara graça nesta história que o pai contava: menos engraçada achava-a agora, quando o choro da mãe lhe verrumava as entranhas; como o pássaro – o choro, como o pássaro, a comia por dentro. Lutava para não ouvir; cerrava os dentes, enterrava a cabeça no travesseiro, mas continuava a escutar. Já tinha o pranto dentro de si. O pranto, como o pássaro.

E eu? Eu, fora? Eu, dentro? Ela me julgava fora; fora eu estava; mas também dentro. Eu fora, eu dentro. Eu sou o que está em todas as partes.

FERENC voltou de São Paulo. Trancou-se com Maria no gabinete. Confabularam longo tempo. O que tramavam? Alerta, Raquel esperava.

No dia seguinte, da janela do quarto, viu Débora descendo de um táxi. Surpreendeu-se; não se visitavam há meses. Correu a recebê-la; deteve-se na escada. Débora tinha entrado no gabinete, com Ferenc e Maria; dali vinham cochichos e exclamações abafadas.

Estavam combinados! Enfim, acabavam por se entender: os aristocratas aliciavam a judia do gueto. Uniam seus esforços para resgatar a donzela das garras do monstro, do gói. Uma confraria. Máfia. Mas vão ver.

Voltou silenciosamente para o quarto, fechou a porta e ficou à espera. Batidas na porta:

– Posso entrar, Raquel? Sou eu, a Débora.

Abriu: Débora, há quanto tempo! Entra, querida! Fingia surpresa, fingia bem: beijaram-se.

Sentaram-se, não na cama, nem no chão, mas em cadeiras: uma diante da outra, duras como cavalos no tabuleiro de xadrez. Falaram, aos trancos, de cigarros, de vestidos, da velha turma. Conversa pesada, fragmentada. Finalmente, depois de uma pausa, Débora perguntou da maneira mais casual que podia, sobre este rapaz, o – Francisco, completou Raquel. Francisco, isto mesmo, disse Débora. Como é o assunto?

Raquel não respondeu. Débora insistiu. O que tinha acontecido? O que estava acontecendo? O que estaria para acontecer? Raquel mantinha-se teimosamente calada, mas Débora agora falava sem cessar. Já sei de tudo, tu andas com um *gói*, casado ainda por cima; não imaginas o perigo, *gói* é *gói*, hoje és a queridinha dele, amanhã uma judia suja. E mesmo que tudo desse certo, mesmo que vocês pudessem se casar, em que religião os filhos seriam batizados? Ou ficariam sem religião? É a pior coisa para uma criança, ficar sem religião.

Raquel quieta, ela passou para outra linha de argumentação. E os teus pais? Vais dar este desgosto para os pais que te criaram com sacrifício?

As mãozinhas gordas revoluteavam no ar. Mexe nos meus problemas – pensou Raquel – como se estivesse revirando tripas de galinha. Porca. Pensou em Francisco. Por causa de Francisco, se conteve, procurou conciliar. Não te preocupes, Débora, vai dar tudo certo. Francisco é um homem muito bom, não é um gói como outros, se interessa pelas coisas da nossa religião. Nós vamos nos casar na sinagoga, meus pais vão, tu vais. Tu virás me visitar. E quando casares, o teu marido será amigo do Francisco, tenho certeza. Vamos tomar chá, conversar, jogar cartas. Seremos felizes, todos nós.

Conversa, disse Débora. Conversa para boi dormir. Conversa mole. A realidade é que tu tens de escolher: ou ele, ou nós. E se for ele, já sabes, vais te dar mal.

Calaram-se. Raquel pensou em servir alguma coisa, uma bebida que lhes umedecesse as superfícies de contato, ásperas e secas como couro; mas o silêncio agora as manietava; imóveis, fitavam o chão.

De súbito, alguma coisa estalou; levantaram a cabeça, espantadas; Débora soltou uma exclamação – e foi ao chão, com estrondo. Um pé de sua cadeira se partira. Raquel levantou-se, surpresa. Quis ajudar a outra a se levantar, mas ria, não podia parar de rir. Débora repeliu-a, irritada. Ergueu-se a custo, resmungando contra a cadeira. Raquel sabia o que ela pensava: que tinha sido de propósito, um truque sujo este, de oferecer uma cadeira prestes a quebrar; coisa de gói. Foi embora sem se despedir.

Francisco não se decidia a pedir o desquite. Me dá tempo dizia, me dá tempo para resolver. Eu te dou tempo, respondia Raquel, mas de quanto tempo precisas, afinal – um mês, um ano, dez anos? Não pechincha comigo, gritava Francisco, eu quero tempo, preciso de tempo. Raquel presenteou-o com um relógio suíço, um esplêndido cronômetro que marcava desde frações de segundos até as fases da lua, e que tinha também um minúsculo despertador.

Francisco ficou fascinado. Ficava tempo contemplando o relógio – três minutos uma vez, oito minutos e nove segundos outra vez. Fazendo o quê? Olhando o tempo passar, pensava Raquel, deixando o relógio debulhar minutos. Como a minhoca que ao entrar no solo engole terra e expele terra e assim progride e se aprofunda. E gosta desta maneira de locomoção, a minhoca? Agrada-lhe comer terra? Não lhe importa: é uma criatura por quem as coisas passam através. Cuidado, minhoca, cuidado com os subterrâneos. Cuidado com o lago de fogo, cuidado com o tridente do diabo!

Raquel voltava a interpelar: como é?

Como era? E Francisco sabia, por acaso? Se aborrecia. Tinha duas mulheres, as duas eram bem atendidas, por que não se entendiam e paravam de encher o saco – se tinham sido até colegas de aula? Isabel já não incomodava, mas Raquel não terminava nunca com aquela ladainha de casamento. Uma chata.

Domingo eu resolvo, disse. Domingo eu faço o seguinte: convido minha mulher para passear na praia, em Ipanema, e lá conto tudo, digo que não quero mais viver com ela, quero desistir do casamento, me desquitar. Domingo? – perguntou Raquel, incrédula. Domingo, ele garantiu.

– Em Ipanema?
– Em Ipanema.
– E se ela não quiser ir?
– Ela vai.
– E se ela não quiser falar sobre o assunto?
– Ela fala! – gritou Francisco. – Ela fala, nem que seja a tapa! Ela fala!

Tamanha fúria deixou Raquel surpresa, mas satisfeita. Agora, sim, estava certa de que as coisas se encaminhavam para uma solução.

No domingo, bem cedo, tomou um táxi. Mandou seguir para a rua de Francisco, mas não chegou até a casa; disse ao chofer que estacionasse na esquina.

– Vamos ficar aqui? – perguntou o homem. – É que ainda tenho de... – É pouco tempo.

A porta se abriu. Francisco apareceu – e logo depois Isabel. Será que ela dormiu aqui? – perguntou-se Raquel, inquieta. Mas não tinha importância, de qualquer forma. Ao fim do dia o assunto estaria resolvido.

Francisco e Isabel foram até a Avenida, tomaram um ônibus para o centro. Raquel ordenou ao motorista que seguisse atrás.

– Mas dona –

– Segue.

Seguiram o ônibus até o centro. Lá, Francisco e Isabel desceram e tomaram outro ônibus, desta vez para Ipanema. Até agora pensou Raquel – tudo bem, tudo certo.

– Vou atrás deste ônibus também? – perguntou o motorista, já resignado.

– Vai.

Espiou pelo vidro traseiro. Alguém a seguia? Não viu ninguém.

Em Ipanema, Francisco e Isabel desceram e foram para a praia. Raquel pagou o táxi, desceu também, e ocultou-se atrás de um quiosque.

O dia estava abafado. O rádio do táxi anunciara chuva para o fim do período. O suor começava a descer pelo pescoço de Raquel, gotinhas. Sentados na areia, Francisco e Isabel olhavam o rio. Não falavam, ainda não estavam falando, quando falariam?

Francisco pôs-se de pé. Tirou a camisa e as calças: estava de calção. Caminhou, coxeando penosamente, até o rio. Ficou sentado na beira, olhando para longe.

Perto do meio-dia saiu da água, enxugou-se, sentou-se na areia. Isabel tirou um pacote da sacola. Comeram sanduíches e tomaram vinho. Foram para a sombra, estenderam um cobertor, deitaram-se.

Raquel consultava o relógio, impaciente. Estava com fome, mas não podia deixar seu posto; a qualquer momento –

Nada. Dormiam, os dois. Perto das quatro Francisco levantou-se e tomou outro banho. Saiu da água, enxugou-se, vestiu-se. Comeram mais sanduíches, tomaram mais vinho.

Raquel estava tonta. Há mais de seis horas ela estava ali, ora de pé, encostada ao quiosque, ora sentada num engradado de refrigerantes. Sobre ela, o olho ardente do sol. Rapazes passavam, riam, diziam-lhe bobagens. Um alto-falante despejava os sucessos para o Carnaval. Três meninas dançavam. E ela ali, feito plasta.

De súbito, nota que chegou o momento.

Francisco e Isabel estão de pé. Caminham de um lado para outro. Isabel é que fala. Raquel vê a boca da rival trabalhando incansável, os braços – tentáculos – agitando-se no ar. Quanto a Francisco – quieto. Mas por que ele não fala? Fala, homem! Não te deixa enrolar, homem!

Está ficando tarde, começa a soprar um vento forte. Os banhistas juntam suas coisas, vestem-se, correm para a parada do ônibus. A praia fica deserta, semeada de pedaços de papel, garrafas e cascas de frutas.

Francisco e Isabel estão parados à beira d'água. O rio está agitado, levanta pequenas ondas. Mesmo assim, eles falam com o homem dos barcos, sobem em dois pedalinhos. Afastam-se lentamente da margem.

Por que no meio do rio? – pergunta-se Raquel, inquieta. – Por que não podia ser em terra firme? O que estão tramando?

Escurece rapidamente.

Incapaz de conter-se, ela sai do esconderijo e corre para a praia. Sonda o rio, ansiosa; mal consegue distinguir os pequenos barcos. É então que ouve os gritos:

– Me acudam!

É a voz de Isabel. Mas o que é que ele está fazendo, pergunta-se Raquel, o que é que este diabo está fazendo? O homem dos barcos sumiu, não há quem possa ajudá la. Mete-se no rio, avança alguns passos.

Aparece um dos pedalinhos: Isabel. Treme tanto que não consegue falar. Nós discutimos, dirá depois. Ele estava nervoso, gritava, avançava com o pedalinho dele contra o meu, queria me afundar, e foi aí que ele caiu na água

O corpo, foi o homem dos pedalinhos que achou, quatro dias depois.

Pouca gente no enterro.

Isabel, os pais, e mais alguns parentes olham o caixão desaparecer sob as pazadas de terra.

De repente, o que se vê? O que se vê é aquela mulher chegar gritando e chorando; aquela mulher se atirando no chão, se mordendo, se unhando, se soqueando. Rasgando a roupa e cobrindo a cabeça de terra. Tanta dor comove os que não a conhecem.

A mulher se levanta, vem à beira da cova: quero ele, o que é que vocês fizeram com ele, com o meu amor? Onde é que vocês botaram? Aí, neste caixão? Mas estão loucos, vocês? Querem ir para o São Pedro, vocês? Olha só o que eles estão fazendo: estão enterrando o homem, estão jogando terra em cima! Malucos, sem-vergonhas! Me deem o homem, estão ouvindo? Estou avisando, me devolvam ele, senão vocês vão se dar mal. Tu aí, me dá ele! Me dá, estou dizendo. Não te faz de bobo. Olha que estou perdendo a paciência –

– Vamos, Raquel.

É Miguel. Toma-a pelo braço – seja boazinha, vamos – leva-a para casa, conduzindo-a com cuidado, como a uma cega.

Ficou três dias trancada no quarto. Não falava, não dormia, não comia. Tomava água de uma garrafa verde-escura – poucos goles de cada vez. Fresca nas primeiras horas, já ao fim do primeiro dia a água tinha gosto de podre. Mas ela bebia, sabendo que a podridão estava nela, não no líquido.

Urinava pouco e não evacuava. Ao fim dos três dias o ventre estava grande, distendendo a pele seca. Não tinha lugar dentro de si para tanta dor. Não cabiam, ela e a dor, no corpo torturado. Se houvesse um furo por onde pudesse se escoar – mas que furo, que nada. A verdade é que ela não queria fugir. Queria ficar, suportando a dor – único jeito de expiar-se.

Na noite do terceiro dia entrou numa espécie de estado crepuscular. Nada de desagradável; pelo contrário. Já não se sentia mal, nem encurralada; pelo contrário, estava leve, parecia-lhe que com um pequeno impulso se elevaria no ar, chegando até o teto. Por que este bem-estar? – perguntava-se, surpresa. Embotada como estava, acabou no entanto atinando com a causa.

Engravidara – subitamente. Tinha sido escolhida, por um misterioso desígnio, para este extraordinário acontecimento. Acatava-o com tranquila modéstia.

O milagre: quando os Macabeus reconquistaram o Templo, encontraram uma lâmpada que continha apenas um resquício de óleo; mesmo assim a chama ardeu oito dias e oito noites. Permiti. Permito milagres, alguns.

Teve então uma segunda certeza: era um ser extraordinário que ela abrigava dentro de si. Um ser alado, talvez. Daí a tendência a elevar-se, daí o ruflar de asas no ventre. Que criatura? Um pássaro? Um anjo? Ou – teria sido ela escolhida para ser o invólucro de substância divina? Que coisa! Os olhos, até então secos, se encheram de lágrimas.

A terceira certeza: não deve nascer, a criatura. Não deverá ser exposta aos perigos do Partenon.

Enquanto for nenê, ela ainda poderá cuidar dele. Mas, e quando crescer? Quando tiver de ir para o colégio? Mestres e colegas logo notarão sua extraordinária sabedoria; e aí, perseguições – a inveja da ciência estabelecida.

E depois, ele adolescente? Mulheres rodeando-o, querendo beijar o delicado pescoço e morder a pele sedosa, para depois abandoná-lo, rindo.

Não, a criança não deve nascer. Deve ficar dentro dela, abrigada, quentinha, nutrida pelos sucos generosos. Um dia, porém, ela morrerá, a carcaça apodrecerá, se desfará e novamente estará o frágil ser a descoberto.

Deve então nascer. Mas sob outra forma que não a humana. Como pássaro, talvez. Nasce, e se vai. Só tem de voltar a cada mil anos para roçar a coluna da eternidade. E os caçadores furtivos?

Alguém a espia.

Pula da cama, corre até a janela.

Ninguém.

Desconfiada, volta para a cama. Que não se metam com ela: está disposta a lutar como fera por seu embrião. Que não se atrevam.

De madrugada acorda com uma cólica violenta.

Corre para o banheiro – e se for o parto? – senta no vaso e descarrega uma avalancha de fezes negras e fétidas. O suor cobre-lhe o corpo, ela se agarra como pode ao cesto de roupa suja. Aos poucos, o cataclismo vai cessando.

Devagar, ela se levanta. Olha estuporada sua obra.

A porta se abre. É a mãe. Estou com dor de barriga, mamãe – murmura Raquel. Maria abraça-a: vem, filhinha, vem, a mamãe vai te fazer chá, tu vais tomar um bom chá, vais melhorar; depois eu vou deitar contigo, vou te colocar uma bolsa de água quente na barriga, tu vais dormir, vais descansar.

Se abraçam.

A TERCEIRA parada é na Loja Vulcão.

Raquel estaciona o carro, desce. Passa pela lata do lixo, virada na calçada – cambada de porcalhões – entra.

A primeira pessoa que encontra é Miguel. Sempre. Ele tem chave da loja; por mais cedo que Raquel chegue, ele já está lá.

– Bom dia, Raquel – um sorriso de dentes manchados.

Ela resmunga uma resposta ao cumprimento, atravessa a loja, entra no escritório, tranca-se. Não quer ser perturbada. Tem de revisar seus planos para o dia – este dia que não será como os outros.

Depois da morte de Francisco, Raquel passou por dias de depressão. Foram doze dias, a vinte e quatro horas cada um, perfazendo quatrocentas e oitenta horas.

Eu contei. Eu sou o que conta as horas e os dias. Eu sou o que decide sobre o tempo que toca a cada um.

Caminhava pela cidade. Saindo do Partenon, andava pela Avenida Bento Gonçalves, chegava à Azenha, à João Pessoa, e dali às antigas ruas do centro: Duque, Riachuelo, Rua do Arvoredo. Detinha-se a contemplar antigos sobrados. Notava neles as sacadas de ferro, as fachadas com ladrilhos portugueses quebrados. Olhava por altas portas entreabertas, via degraus de mármore ou de madeira carunchada, corredores sombrios iluminados por lâmpadas fracas, portas internas com vidro trabalhado. Velhos cães de raça dormitavam em vestíbulos.

Outro país. Nos bairros, estavam os imigrantes – os alemães os italianos, os poloneses, os húngaros. Mas ali ainda era território açoriano. Ali, no Largo do Pelourinho, na Praça da Harmonia, no Alto da Bronze, vagueavam os espíritos dos patriarcas da cidade.

Do centro, Raquel tomava um ônibus para Ipanema.

Descia no quiosque, agora fechado (estava encerrada a temporada de verão). Caminhava pela areia grossa, olhando as águas barrentas do rio, as ondinhas inquietas. O rio: escuro e frio. Perto da superfície, alguma luz ainda se coava, para o fundo toda a claridade sumia. Era onde estavam os peixes – não soberbos salmões, nem trutas irisadas, e sim peixes pequenos e fibrosos, peixes de couro, vorazes, comedores de lodo e de carne podre.

Olhando o rio, Raquel não pensava em nada. Poderia estar lembrando que ali morrera seu amor, que a água fria e suja afogara um terno afeto. Mas não. Não pensava em nada. Olhava, só.

Tomava um táxi e mandava seguir para qualquer lugar – para o aeroporto. Descia, ficava no saguão, caminhando entre pessoas alegres e bem-vestidas, ouvindo os alto-falantes anunciarem a partida de aviões para as grandes cidades do centro do país.

De repente se inquietava: estaria sendo seguida? Voltava-se, examinava rostos, ansiosa. Corria, tomava um ônibus, desembarcava depois de algumas paradas.

Caminhava por ruas desconhecidas. Entrava em bares sujos, comia sanduíches de mortadela, tomava cerveja. Em lojas de armarinho comprava linhas, elástico, botões. Olhava vitrinas de bazares, perguntava o preço de brinquedos plásticos.

Uma vez, o casaco de tricô que levava sobre os ombros caiu. Notou, mas não quis juntá-lo.

Andou cinquenta passos, voltou-se. O casaco continuava lá. Caminhou mais, tornou a voltar-se; ali estava o casaco vermelho, sobre as pedras da calçada. Andou, espiou de novo: o casaco no mesmo lugar. A última vez que o viu, um cão o farejava.

Passou então a se desfazer de coisas: lenço de pescoço, pulseira, carteira, relógio. Não era sem dor que se separava destas coisas; mas no momento em que as jogava fora, ficava eufórica: mas eu estou louca, louca! Uma embriaguez, uma vertigem. Semeava pertences por bairros distantes, Menino Deus, Cavalhada, Passo do Dornelles. Desconhecidos achavam estas coisas, admiravam-se, mas olha que isto ainda está muito bom! Quem foi a louca que jogou isto fora? Era Raquel, a louca, mas eles não sabiam.

Uma vez viu-se no meio de uma procissão. Caminhava entre gente humilde que rezava com fervor, olhando, sobre as cabeças, a Virgem em seu andor oscilante.

Avistou a Irmã Teresa. Era ela, sim, mais magra e mais velha – e sem hábito; usava agora alegria. Mas como, Irmã Teresa! Teve de largar o hábito! Não aguentou o tirão! Andou mijando fora do penico e agora vem à procissão pedir perdão! Não, minha velha, esta não cola, tu não enganas mais ninguém. Sinto muito, mas não adianta rezar; fez bobagem, agora paga.

Irmã Teresa também a viu, aproximou-se. Não perguntou o que Raquel estava fazendo ali, na procissão; começou logo a contar sobre si mesma. Disse que já não era freira; casara com um homem bom, um viúvo, e trabalhava no escritório de uma fábrica. Admitiu que pudesse ter tratado mal a menina Raquel, mas se arrependia.

– Era por causa dos nervos – explicou.

E contou que estava em tratamento com um especialista, tomando muitos remédios. Descreveu minuciosamente como se sentia, sofrendo dos nervos; disse que não desejava este mal para ninguém.

Nervos. Então eram os nervos, aquelas cordas tensas que as amarravam uma à outra? Só os nervos, nada mais? Raquel sorriu.

Surpresa e dor no olhar de Irmã Teresa quando ela perguntou:

– Por que debochas de mim, Raquel? É para te vingares? Não te fará nenhum bem, podes ficar certa. Sabes por que estou aqui? É para rezar pela minha filha. A coitada está internada há cinco anos no Sanatório do Partenon, Raquel. E sabes que idade tem? Dezenove. Passou o melhor da juventude no hospital.

Se Raquel visse a menina não diria que estava tuberculosa. Era gorda, bonita. Nada de magreza, peito cavo, tosse seca, olhar brilhante, faces ardentes. Mas tinha os dois pulmões tomados.

E não ficava boa porque se recusava a tomar os remédios; já tinha feito vários tratamentos, sem resultado. Encontravam os comprimidos debaixo do travesseiro, no vaso da privada.

– E isto que ela entrou no hospital para ficar só uns meses. Mas aí aconteceu uma coisa terrível: ela se apaixonou por um cabo do Quartel que fica ao lado do Sanatório, sabes qual é. Este homem, este mulato, era um verdadeiro diabo. Ficava sentado na metralhadora, rindo e dando tiros. Virou a cabeça da menina. Quando proibi o namoro, ela se desesperou e – por birra – deixou de tomar os remédios. O cabo começou a me perseguir, me fazia ameaças. Felizmente foi transferido, não incomodou mais. Mas a minha menina continua doente até hoje. Achas nisto motivo para risos?

Estou ficando menstruada, pensou Raquel, sentindo uma cólica. Logo estaria despejando seus fluxos. Felicidades, Teresa – disse, beijando a outra no rosto. Saiu da procissão e correu para casa.

NA LOJA, dia após dia.

Ferenc resolveu se aposentar. Estou farto desta vida de comerciante, disse à mulher; estou ficando velho, vou fazer o que eu gosto, estudar latim.

– E quem vai tomar conta da loja?

– Raquel, é claro. Ela entende mais disto do que eu. E o Miguel sempre pode dar uma mão.

Maria queria protestar, mas Ferenc atalhou-a com um gesto: está decidido. Já falei com Raquel, ela está de acordo. E tem mais, acrescentou: vamos nos mudar. Quero um apartamento no centro, perto da Biblioteca e das livrarias.

– E Raquel?

– Se ela quiser, vem junto.

Não vou, disse Raquel. Vou ficar aqui mesmo. Sozinha nesta casa enorme, filha! – assustou-se Maria. Raquel disse que precisava estar perto da loja. Mas é perigoso, disse a mãe.

– Se precisar, eu chamo o Miguel.

– Miguel está lá em cima, no morro, às voltas com aquela sinagoga dele.

– Mas ele vem. É só chamar que ele vem. Ou então eu vou lá. O pai vai me deixar o carro, não vai?

O pai deixava-lhe o carro, um velho Lincoln Continental, último representante de uma estirpe, já extinta em Porto Alegre, de grandes e luxuosos automóveis. Muitos destes tinham sido usados em serviços de lotação, no Partenon, até serem definitivamente entregues aos cemitérios de automóveis.

Ferenc conservara bem o seu carro, e Raquel decidiu ficar com ele, apesar das advertências do mecânico: vai se incomodar sem necessidade, dona, não tem peça para este bicho, isto aí bebe gasolina que é um caso sério.

Raquel nem ouve, fascinada com o automóvel. É alguma premonição, é?

É.

Neste caso, o que vê em sua premonição?

Vê o Lincoln totalmente transformado: descarga aberta, cabeçote dos cilindros rebaixado, tala larga, nova carburação, faróis potentes, cromados – o novo Lincoln. Ao lado a proprietária, a Raquel.

Toda de preto, de couro preto: blusão, calças, botas. Enfia lentamente as luvas pretas, enquanto, de testa franzida e lábios entreabertos, examina o carro através das lentes dos óculos escuros.

Entra, instala-se ao volante, prende o cinto de segurança, ajusta os óculos, experimenta os comandos e os pedais. Finalmente, vira a chave da ignição.

Um rugido espantoso enche a garagem. O Lincoln emerge lentamente, desloca-se para o meio da rua. Ali, parece hesitar. Não se sabe o que quer a motorista, oculta pelos vidros esfumados, fechados todos.

Finalmente, o carro parte a toda a velocidade – para o Bom Fim.

É noite de sexta-feira, véspera do Shabat.

Durante vinte, trinta minutos, o carro correrá pelas ruas do bairro – curvas arrojadas, e derrapadas, e cavalos de pau, pneus gemendo, e motor roncando e buzina soando. Ai de quem sair à rua!

Ai de Débora, se sair à rua. Pouco sobrará dela, no asfalto. Ai dos judeus!

Curta premonição. Um minuto, se tanto. Com o ronco do motor, as visões se desfazem.

Conservo-as em minha memória. Sou o que não esquece.

NA LOJA. Sentada no escritório, imóvel, olhando para a porta fechada à sua frente. Daqui a pouco ele vai bater.

Bate.

– Sou eu, Raquel.

É ele, o Miguel. Sempre atrás dela, o lamentável anjo da guarda, velho: rala cabeleira branca, barba de um branco sujo. De blusa branca e sandália, verão ou inverno. E sempre se metendo na vida dela. Jamais a deixa só. Há anos não se recolhe ao Hospício; prefere ficar na loja, salmodiando suas rezas em hebraico, espantando os fregueses.

– Posso entrar, Raquel?

Sempre, sempre. Haja saco para aturar.

– Daqui a pouco, Miguel.

– Daqui a pouco?

– Daqui a pouco.

– Posso bater de novo, daqui a pouco?

– Pode.

Uma pausa.

– Está tudo bem aí dentro, Raquel?

— Tudo bem. Tudo bem.
— Não precisas de nada?
— De nada.
Outra pausa.
— Aqui na loja também está tudo bem.
— Ótimo, Miguel.
— Não precisas te preocupar. Estou cuidando de tudo.
— Eu sei.
— Mas eu gostaria de falar contigo.
— Daqui a pouco.
— Volto, então, daqui a pouco?
— Volta.
— Então está bem. Volto.

Voltará. Sempre insistindo, sempre se agarrando.

Mas ela vai dar um jeito nisto. Hoje.

Sozinha no Partenon. A mãe se inquietava, telefonava: viste nos jornais? O Diabo do Partenon? Referia-se a um ladrão que assaltava as casas do bairro, deixando as iniciais, DP, pintadas nas paredes. Raquel prometia fazer alguma coisa. Falava em guardas, em armas. Mas não tomava nenhuma providência.

Nesta ocasião deu um passeio pelo Moinhos de Vento, bairro de edifícios luxuosos e de mansões, muito tranquilo. Tranquilidade, por quê? Como? Julgou ter encontrado a resposta na presença de grandes cães, criaturas altivas e de nobre porte. Invejou os habitantes do lugar, não pelas casas nem pelos automóveis – pelos cães. Que esplêndidos animais! Que olhar inteligente e atento! Que dentes, que garras! Reconhecendo no cão o melhor amigo do homem, que proteção mais adequada poderia desejar em sua vida solitária? Tudo o que tinha a fazer era adquirir um cão de boa estirpe, enviá-lo a uma escola para ser treinado – e ai do Diabo do Partenon! Ai do debochado que pintava corações no muro!

O pai não gostava de cachorros. Bichos sujos, traiçoeiros, vadios, cheios de doenças. Mas o pai morava agora num apartamento no centro da cidade. A casa do Partenon era dela: se quisesse cachorro, teria cachorro. Onde, porém, descobriria um cão como os do Moinhos de Vento? Ia caminhando e pensando no assunto quando, ao passar por um portão entreaberto, ouviu um latido. Voltou-se: era Rajá.

Rajá, príncipe das Índias, jovem e formoso cão policial! Diante dele Raquel sentia-se – o quê? Uma ratazana, um verme, uma barata. Mal se atrevia a falar. Murmurou: aqui, Rajá. Rajá, Rajá.

O cão atendeu ao chamado, veio para junto dela. Era brincalhão, corria ao redor, pulando. No fundo do olhar manso, porém – um lampejo de ódio, coisa remota, arcaica, mas bem poderosa. Sou muito bonzinho – dizia o olhar – mas mexam comigo e verão. Verão, ladrões! Verão, delinquentes em geral!

Foi o olhar que fascinou Raquel. Retribuía oferecendo um nome. Rajá. A mesma sílaba do meu nome, notou. Ra. A sílaba ancestral. Deus egípcio.

Suspirou. O cão decerto tinha dono, melhor esquecê-lo. Afastou-se.

Na esquina, parou; hesitou alguns segundos; finalmente, como a mulher de Ló, voltou-se.

Quem destruiu Sodoma? A minha ira. Minha é a ira.

Rajá a seguia. Vão me acusar de roubar um cachorro, foi o seu primeiro pensamento. Logo ela, que procurava justamente se proteger contra os ladrões, que recorreria a tudo, ao Esquadrão da Morte inclusive! Logo ela! Continuou a caminhar – mas certa de que Rajá havia visto o tênue sorriso em seu rosto. Sorriso cúmplice.

Na segunda esquina atravessou correndo. Rajá correu também. Ela caminhava, ele caminhava: ela corria, ele corria. Ela parava, ele parava, e ficava olhando: o mesmo olhar manso, com o mesmo componente de ódio, coisa remota.

À medida que se afastavam do Moinhos de Vento Rajá ia ficando cada vez mais dela. Porque ela não o havia chamado; ele é que a seguia. E seguiu-a até o Partenon – um longo trajeto, que ela fez a pé, dando ao cão tempo e distância para abandoná-la, se quisesse. Não quis. Percorreram a Avenida. Por entre imagens de Iemanjá e do Preto Velho espiavam-na atemorizados os donos das casas de Umbanda. Quando chegaram à casa, ela teve apenas de abrir a porta para que ele entrasse. Fechou a porta e acendeu a luz da sala.

– Chegamos, Rajá.

Ali estavam, de pé, um diante do outro. Cansados. Um pouco nervosos. O cão parecia estranhar a casa. Olhava para os lados, inquieto. Quanto a ela, também tolerava mal uma presença viva entre os móveis antigos, escuros e pesados. Resolveu o impasse correndo para a cozinha: aqui, Rajá! Tem coisa boa, aqui!

Reanimado, Rajá seguiu-a. Ganhou um bom pedaço de carne. Comeu com voracidade, enquanto ela, pensativa, sorvia seu leite morno. Lá fora, sombras caíam sobre o pátio.

Preparou para Rajá uma cama no canto da cozinha, com sacos velhos, mas limpos. Ele esperava; quando ela terminou, deitou-se, fechou os olhos. Antes de subir, ela se atreveu a tocá-lo. Foi um gesto furtivo, rápido – mas que calor subiu por seus dedos! Corou.

Subiu as escadas, entrou no quarto; deixando a porta aberta – agora estava protegida –, despiu-se e se enfiou na cama. Adormeceu. Um sono inquieto: acordava com a sensação de que

Rajá estava ao lado dela, lambendo-lhe o ventre. Mas não havia Rajá nenhum. E assim, sem Rajá, passou-se a primeira noite.

Na manhã seguinte a faxineira veio falar com ela.

– Vi que a senhora arranjou um cachorro, dona Raquel. Quero lhe dizer uma coisa: eu é que não vou limpar a sujeira deste bicho!

Rajá estava perto. Rosnou – muito baixinho. Mas foi o suficiente. A mulher recuou, assustada; não disse mais nada, voltou ao trabalho, Raquel riu e atirou ao cão um bom pedaço de presunto.

Outro que veio falar com ela sobre o cão foi Miguel. Estava aflito:

– Para que este cachorro, Raquel? Como é que vou à tua casa, agora? Tu sabes que os cachorros me atacam!

Azar o teu, Miguel, ela disse. Eu preciso do cachorro, não vou ficar sem ele. Miguel ainda quis responder, mas ela encerrou o assunto.

Rajá crescia de minuto a minuto. Ficou enorme. A pata espichou e engrossou, deitou garras; quando ele a pousava no braço de Raquel o peso já incomodava – um pouco. E os dentes! Caninos brancos.

Era neurótico. Zangava-se sem motivo. À noite, latia para qualquer sombra. Raquel deveria ficar tranquilizada com a insônia de seu guardião; contudo, já estava achando que era muito barulho por coisa nenhuma. Continha-se, porém. Sabia em Rajá um cão sensível. E precisava dele, afinal.

Mas, deu para fugir, o cão. Muitas vezes quando Raquel voltava da loja encontrava-o na esquina, no meio daqueles vira-latas do Partenon, o Joli, o Veludo. Chamava-o: vem Rajá, vem comer o teu presunto. Fingia não ouvir, o insolente.

Uma noite voltou para casa sujo e ensanguentado: com efeito, metera-se numa briga. Raquel pensou-lhe os ferimentos e repreendeu-o. Com lágrimas nos olhos, lembrou o primeiro encontro, as noites de carinho na cama quente, as tenras fatias de presunto.

A ruptura, porém, já se havia dado. Rajá não era o mesmo. Andava pela casa uivando e rosnando baixinho. E uma manhã, cento e doze dias depois de se terem visto pela primeira vez, Raquel desceu para tomar o café e encontrou o cão sentado em sua cadeira, com a pata sobre a mesa.

– Sai daí, Rajá – a voz de Raquel era baixa e contida.

Nem se mexeu. Raquel avançou, pegou-o pelo cangote, tirou-o da cadeira. Ele tentou mordê-la. Olharam-se. Cheios de ódio, lançaram-se um contra o outro. Rolaram pelo chão, lutando.

Aos gritos dela, vizinhos acudiram. Um deles degolou Rajá com a faca de pão. Levaram Raquel ao Pronto Socorro, onde os ferimentos dela foram tratados: a faxineira encarregou-se de limpar o sangue do tapete e de socar a carcaça no lixo.

Dias depois apareceram cães raivosos na vizinhança – os vira-latas cuja companhia Rajá frequentava. Aconselharam Raquel a tomar vacina contra a raiva; ela porém recusava, impassível.

Os ferimentos cicatrizaram. Mas ela continuava acordando à noite com os latidos debochados dos cães do Partenon. Fechava as janelas. Inútil: latiam agora dentro dela, mordiam-lhe as próprias vísceras. O mais feroz: Rajá, cão louco.

Acordava pela manhã com o corpo fatigado das pelejas noturnas. E descia as escadas como um zumbi.

– A senhora não dorme bem de noite – observava a faxineira. – É medo. Pudera, sozinha neste casarão! Por que não arranja uma empregada que durma aqui?

Pousava uma grande mão sobre o braço da patroa, Raquel olhava em silêncio as unhas encardidas.

– Tem razão – dizia, finalmente. – Preciso de alguém, mesmo.

RAQUEL se levanta, vai até a porta. Espia pelo buraco da fechadura.

Miguel se afastou. Está sentado atrás do balcão, de cara amarrada.

Raquel sabe que ele está brabo, pode adivinhar

o que está pensando. Pode até imaginar o que ele faz, quando briga com ela:

Vê-o subindo o morro, amaldiçoando-a, amaldiçoando os cães que o perseguem, latindo. Lá em cima é território dele. Passeia entre as grossas paredes da sinagoga, a obra quase terminada. É uma construção rústica, uma espécie de galpão. O chão é de tábuas cruas. O telhado, de velhas folhas de zinco compradas em demolições. Há alguns bancos, feitos de caixotes. O armário para o Livro está mais bem-acabado; foi envernizado e adornado com uma velha cortina de veludo vermelho. Nesta, o próprio Miguel bordou, com fio dourado, grosseiras silhuetas dos leões de Judá segurando as tábuas da lei.

Miguel anda de um lado para outro, arruma melhor a cortina, varre o chão, que mantém sempre limpo. Finalmente, sai; fecha a porta a cadeado, atravessa um terreiro, e entra na casa onde mora.

É aí que Raquel o vê melhor. Sentado na cama, imóvel, as mãos pousadas sobre o joelho, o olhar fixo, Miguel não está vendo televisão, nem ouvindo rádio, nem lendo jornal. Está pensando.

Os pensamentos de Miguel. Raquel tem certeza de que são poucos; isto é, dada a uma pessoa normal e a Miguel uma mesma parcela de tempo, os pensamentos produzidos pelo empregado correspondem a um menor número de palavras, a imagens de detalhes mais pobres. Contudo, Miguel pensa, isto ela tem de conceder; seu cérebro destila lentamente venenosos pensamentos. Ódio, é o que aquece sua cabeça e o faz pensar. Ódio a Raquel e a si mesmo, por ser fraco e não retrucar quando ofendido, por virar a outra face, por não se vingar.

Minha é a vingança.

Assim não vale a pena viver, conclui Miguel.

Raquel segue seus passos: ele atravessa o quarto, abre a gaveta da cômoda, tira de lá um velho revólver. Há cinco balas no tambor.

E então a revolta emerge. Por que – grita Miguel – devo eu morrer? Por que não mato aquela diaba ruim?

Jogam a roleta, Miguel, o velho revólver, e Raquel. Miguel faz girar o tambor e encosta o cano no peito. Puxará o gatilho; se não morrer, irá à loja com a arma; e se Raquel o ofender, ele a matará.

O cano no peito magro, Miguel dá ao gatilho. Um estalido seco: sorri. Tira a roupa e deita-se. Está preparado para o ajuste de contas.

Isto é o que Raquel vê, sentada no escritório. Está segura que não é só imaginação; Miguel está mesmo disposto a matá-la, não se importa de passar os poucos anos que lhe restam na cadeia. A menos que pretenda terminar a sinagoga antes –

Só há um meio de saber. Aperta três vezes um botão.

Na loja, ressoa a campainha estridente. Miguel dá um pulo: três vezes a campainha, deve comparecer ao escritório. Corre até lá, bate à porta.

– Entra.

Ele entra, com o ar humilde de sempre (é um artista, Raquel tem de reconhecer). Repreende-o severamente: tu não cuidas da loja, Miguel, estão nos roubando – ferramentas, fechaduras, tudo. Eu fiz um controle minucioso do estoque, Miguel; se nos faltar qualquer coisa, sinto muito, terei de te despedir. Sei que meu pai tinha confiança em ti, mas os tempos agora são outros. Não posso manter um empregado descuidado, que só me dá prejuízos.

Fala, olhando a mão direita do homem, caída ao longo do corpo. É aquela mão que vai mergulhar no bolso e voltar com o revólver apontado para ela. Fixa o dedo indicador: é aquele dedo que puxará o gatilho. Raquel já ouve o estampido e já sente a bala varando-lhe o peito, ferro em brasa, dente feroz. E, no entanto, continua com os insultos. Para, louca, para! Queres que te mate? Para!

Não pode parar. É um impulso irresistível. Em que se apoia esta temeridade? No tradicional respeito dos homens pelas mulheres, dos empregados pelos patrões, dos fracos pelos fortes, dos loucos pelos sãos? E isto é coisa que um revólver não anule?

Miguel imóvel, em silêncio.

Não tem revólver nenhum. Ou tem, mas não se anima a atirar. Ou se anima, mas espera ocasião melhor.

De qualquer jeito, não é para agora.

– Vai, Miguel. Volta aqui na hora de fechar.

Ele se vai, sem uma palavra.

DÉBORA também sugeriu a Raquel que arranjasse uma empregada para tomar conta da casa. Recomendou cautela na escolha, lembrando as reações imprevisíveis de criaturas pequenas e de olhar turvo. Contava histórias assustadoras, de roubos e violências.

Com estas advertências em mente, Raquel dirigiu-se a uma agência de empregos. A proprietária mostrou-lhe várias candidatas, sentadas num comprido banco ao longo de uma parede nua.

– Esta é boa para cozinhar. Esta aqui arruma a casa que é uma beleza. Aquela morena é muito forte. Aquela do lado é uma doceira de mão cheia. Esta aqui, coitada, é quieta, sofreu um choque muito forte, mas é boa de gênio, muito direita.

Era Isabel que ela mostrava.

Quando viu Raquel, virou a cara. Foi Raquel que sentou a seu lado, que lhe tomou a mão. Foi

Raquel quem quis saber o que havia acontecido, de que maneira Isabel viera parar na agência. Porque Isabel não queria falar. Preciso trabalhar, repetia teimosamente, estou aqui porque preciso trabalhar.

– Tu vais comigo, Isabel – disse Raquel, levantando-se.

– Vai sim, Isabel – disse a dona da agência, cortando-lhe o protesto. – Dona Raquel vai cuidar bem de ti. Já se conheciam, não é?

– Já – disse Raquel. Tomou Isabel pela mão: – Vem, Isabel, vamos.

Procurava aparentar tranquilidade, mas no fundo estava inquieta. O que vai acontecer agora?, perguntava-se.

Não aconteceu nada. Isabel limpava a casa, fazia um risoto muito bom, distraía-se vendo novelas na televisão. Falava sobre Francisco, pouco, mas sem dificuldade: eu gostava dele, mas ele batia muito em mim. E acrescentava: não quero mais saber de homem. Só quero trabalhar. Ia para a cama às dez, dormia bem, roncava; de manhã, quando Raquel descia, já encontrava a mesa posta para o café.

Raquel dormia mal: sonhava com Francisco.

Num sonho, ela está na beira do Guaíba. É uma noite de lua e ela passeia.

De repente avista um objeto na água. Parece uma cabeça – é uma cabeça. É a cabeça de um homem. É a cabeça de um homem loiro. É Francisco! É Francisco agarrado a um barrote de madeira! Então não morreu, naquele domingo! Não se afogou! Apenas se fez ao largo, e agora espera que alguém o salve! E quem vai salvá-lo? Quem, senão ela?

– Francisco! Aguenta um pouco que já vou!

Tira a roupa, joga-se na água. O frio quase a paralisa; reage, nada rapidamente na direção do amado. À medida que se aproxima vai notando os cabelos longos, a barba comprida, a face inchada e macerada. Pobre Francisco, deve estar esperando há muito tempo, pobre náufrago!

– Estou chegando, Francisco.

Ele continua agarrado ao barrote, imóvel. Olha-a – mas é como se não a enxergasse: o olhar parado, vazio. Coitado, pensa Raquel redobrando esforços, deve estar embotado pelo sofrimento.

– Já vou!

Finalmente alcança-o, toca o rosto frio: pergaminho molhado.

– Cheguei, Francisco! Estou aqui para te salvar!

– Boa-noite, Raquel.

De novo ela estranha a frieza, a retração – mas atribui tudo à prolongada imersão na água. Precisa levá-lo para terra, para a casa em Teresópolis; precisa enxugá-lo, metê-lo na cama.

Não vai ser fácil. Francisco nada muito mal.

Raquel sabe que estas pessoas dificultam a tarefa de seus salvadores.

– Agarra-te a mim.

– Para quê? – pergunta Francisco na mesma voz incolor.

– Para eu te salvar, amor! Para que seria?

– Ah.

Mas continua agarrado ao barrote. Enlouqueceu, pensa Raquel. Tanto sofrimento, tanta privação, não é para menos. Pega-o pelo braço. As mãos estão solidamente presas à tora: as unhas, crescidas, penetram fundo na madeira apodrecida. Raquel luta para soltá-las. Ele não ajuda. Só cortando, conclui Raquel, mas logo se censura: cortar? Cortar os dedos de Francisco? Nada disto. Conseguirá tudo por bem.

– Por que não me ajudas, Francisco?

– Ajudar? – ele a olha como se não compreendesse.

– É, ajudar.

– Ajudar. E o que é que eu tenho de fazer?

– Afrouxa teus dedos.

– Afrouxar?

– É.

Lentamente, Raquel trabalhando junto, os dedos vão sendo libertados.

Por fim, Raquel afasta a tora, mas então Francisco afunda como uma pedra. Raquel mergulha, puxa-o para a superfície.

– Te agarra em mim – grita, ofegante.

Os braços mirrados apertam-lhe o pescoço como uma torquês. Não se trata de um abraço apaixonado; não é o súbito despertar de um desejo há muito entorpecido pela privação. É antes o que ela mais teme – o pânico do afogado!

Lutam. Raquel não tem piedade. Sabe que não se trata aqui de ceder, de ser tolerante, de fazer concessões. Francisco não sabe o que quer, está perturbado, precisa ser salvo mesmo contra a vontade. É preciso agir com firmeza, esmagando a rebeldia dele. Desvencilha-se, dá-lhe um bom murro na cara. Francisco larga-a, mas torna a agarrar-se ao barrote. Raquel respira fundo.

– Vamos, Francisco, vamos tentar de novo.

– Para quê? – murmura ele.

– Para voltarmos à terra, já te disse!

– A terra. Para quê?

– Para casarmos, para vivermos juntos, eu agora sou dona da loja.

– Para quê?

– Para nos amarmos, para sermos felizes, ora!

Começa a chorar:

– Será que tu não compreendes, Francisco, que não podemos ficar aqui, na água, no frio?

– Não podemos? – ele olha-a com curiosidade. – Por quê? Eu fiquei, todo este tempo.

– Porque ninguém te ajudou, porque –

– Porque eu quis. E quero. Gosto daqui. – Agarrou-se amorosamente ao barrote. – Gosto desta madeira.

– Está bom. Então ficamos aqui – disse ela, despeitada. – E como é –

– Mas tu queres ficar aqui?

– Quero. Se tu queres eu quero. Faz de conta que eu quero. Me diz: como é que vamos viver? O que é que vamos comer?

– Ah! – ele agora se anima. – E estes peixes? Não sentes os peixes passando entre as tuas pernas? É fácil pegá-los, porque eles gostam do calor da gente, se esfregam nas tuas coxas quando a água está muito fria. Tu aí ficas quieta, aguentas firme, vais chegando a mão, chegando a mão e tá! – pegas um. Dá para comer cru. A cabeça e o rabo tu arrancas com os dentes e jogas fora. O resto tu engoles.

Ela, incrédula:

– É disto então que tens vivido, Francisco? De peixe cru?

– Só disto, não. Tenho comido outras coisinhas. Uma laranja que encontro boiando, uns aguapés.

Raquel resolve levar na brincadeira; ri.

– Está bom, Francisco. Temos o que comer, então. E quando a gente quiser se amar? Vai ser dentro da água, também?

– E o que é que tem? Como é que tu achas que os peixes fazem?

– Mas nós não somos peixes!

Francisco ri. Raquel nota que a pele enrugada cintila ao luar; observando melhor, constata pequenas escamas no rosto e no pescoço. Nos pés – ela não vê, mas adivinha –, nadadeiras.

Não há mais nada a fazer. Quer beijá-lo pela última vez, mas um cardume de peixes mete-se entre os dois, mordendo-a ferozmente no peito, na barriga. Ela volta para a praia.

Separei a terra das águas, eu.

Estes sonhos com o rio a deixam em dúvida: será que Francisco morreu mesmo?

Ele seguido estava ameaçando se atirar ao Guaíba: se não fosse aumentado, se o Grêmio não ganhasse o jogo. Tamanha facilidade em se jogar ao rio deixava Raquel comovida e, ao mesmo tempo, desconfiada. Não estaria atrás daquelas afirmações veementes uma familiaridade secreta com as águas barrentas? Uma excepcional vocação de mergulhador? Um conhecimento profundo do leito do rio, dos canais de dragagem, das boias cegas, dos sacos das penínsulas, das ilhas? Raquel se apavorava só de pensar em entrar no Guaíba numa noite de inverno; mas seria este um temor generalizado? Não haveria seres que, ao contrário, ali se sentissem quentinhos e abrigados? E não seria Francisco um destes tristões fluviais?

Neste caso, a história do afogamento poderia ter sido diferente. Sim, a briga dos pedalinhos, sim, a queda ao rio, sim, sim. Mas e depois? O que teria acontecido depois? A morte por afogamento?

Talvez.

Talvez frio raciocínio: por que morrer? Por causa de uma mulher? De duas? Com tantas dando sopa por aí?

E então – interrupção da queda rumo ao fundo; deslocamento horizontal mediante braçadas vigorosas; curta ascensão à superfície para tomada de fôlego; novo mergulho. E assim por diante. Chegada à Praia de Belas. Espera paciente entre juncos da margem até o cair da noite. Avanço cauteloso pela margem do Arroio Dilúvio. Encontro com vagabundos sob a ponte. Pedido de abrigo. Confraternização, conversa amena, narração entusiástica da proeza. Refeição, constante de um pedaço de salame e de goles de caninha. Sono reparador. Despertar com a aurora.

(O cadáver achado pelo homem dos pedalinhos? Todo deformado, não seria pelo contrário um elemento de confusão? Isabel duvidou, Isabel conferiu? Claro que não. A que podia duvidar e conferir estava muito desesperada para fazê-lo. Ao coveiro tocou o resto.)

Continuando. Francisco se levanta, bem-disposto. Vagueia pela cidade. Alguém lhe dá restos de comida. Quando anoitece, volta ao Partenon. Acha um lugar para dormir, para morar: as ruínas do colégio.

Ali, numa espécie de toca, disfarçada com arbustos, descansará durante o dia e sairá de noite: para roubar frutas dos pomares, para perseguir uma mulher, ou então para espiar de longe a casa de Raquel. Nestas horas suspirará pela cama quente que poderia ter, pela mesa farta. Seus tristes lamentos encherão a noite, perturbarão o sono de Raquel. Com exceção desses escassos momentos, será um homem alegre: se divertirá visitando seu túmulo e fazendo travessuras noturnas nas ruas do Partenon.

RAQUEL reorganizou a loja. Introduziu novos métodos na contabilidade; racionalizou o trabalho dos funcionários; contratou os serviços de um vitrinista; e pela primeira vez em sua história o estabelecimento teve um anúncio no jornal: *Apresentamos ao público do Partenon e da cidade a nova Casa Vulcão.*

Despediu vários empregados que não lhe serviam. Bem que teria mandado Miguel embora; o homem não se adaptava ao novo sistema, confundia tudo. E sempre insistindo que Raquel fosse com ele ao morro, ver as obras da sinagoga, quase terminadas.

— Que sinagoga? — ela se impacientava. — Quem quer saber de sinagoga? Tenho mais o que fazer.

O pai é que não admitia que o velho empregado

fosse despedido. Ao contrário, telefonava seguido para a loja, perguntando por ele.

– Pensei que não gostasses de judeus do gueto – zombava Raquel.

– Cala a boca, desaforada!

– Cala a boca tu! Volta para o teu latim que é melhor! E faz o favor de não telefonar para cá! Este é um telefone comercial, fica sabendo!

As vendas aumentavam muito. Raquel pensava em filiais. Financiamento não lhe faltaria: os gerentes de banco corriam atrás dela.

Apesar disto andava nervosa, impaciente.

À noite cortava as unhas para não roê-las. Guardava as aparas num vidro de boca larga; ali se acumulavam como sementes. Cresciam e eram podadas. Cresciam um pouco – e poda, poda rente. Raquel examinava o vidro: – "Quando estiver cheio, morrerei." Faltava muito, mas cada dia menos que no anterior. Apalpava as têmporas e sentia, debaixo da pele, as saliências da sólida caveira.

Impacientava-se com o trânsito, corria mais do que nunca; ultrapassava ônibus, cortava a frente de caminhões, buzinava atrás das carroças, das bicicletas. das lambretas. E através da janela ia soltando seus gritos irados: sai da frente, palhaço! Bota no lixo este teu fogareiro!

Os motoristas olhavam-na com surpresa. Alguns riam, outros respondiam com palavrões. Ela, porém, estava protegida – não só pela solidez do grande Lincoln, também pelo revólver que conservava no porta-luvas, com seis balas e o gatilho em posição de fogo.

Porque, o que via nos automóveis que paravam ao lado dela quando fechava o sinal! O que via!

Dois homens brigando, um sacudindo na cara do outro um dedo grosso enorme.

Um casal se beijando. Um olho lúbrico, um dente reluzindo, uma coxa branca, uma cabeleira desgrenhada, um pescoço.

Uma menina de uns quinze anos à direção. E fumando.

Um velho quase cego. Um antigo carroceiro da loja.

Raquel arrancava à toda, tomava por desvios que pouco conhecia. Invadia um campinho de futebol, espalhava os jogadores, derrubava a goleira, atropelava cachorros; destruía hortas no cinturão verde da cidade.

Por fim chegava a casa, estendia-se na cama e ali ficava, arfando.

Os dedos, imóveis, aguardavam o chamado.

APRESENTAMOS, *ao público do Partenon* –
Este anúncio não me satisfaz, disse Raquel ao gerente do Banco. Não atrai ninguém. Por que não procura uma agência de publicidade? – sugeriu o homem. Deu-lhe um cartão da Momento Publicidade.

Ficava no Bom Fim, e era uma pequena agência. O dono, Bernardo, vinha a ser primo de Débora: um homem de meia-idade de cabelos grisalhos, costeletas e grossos bigodes. Sempre piscando um olho, cacoete ou malícia, era um simpático solteirão. As mãos não paravam quietas e – deixa eu te explicar, meu bem – pousavam nas mãos dela, afáveis. Falaram só de negócios, naquela primeira vez, Bernardo achando bom o ramo de Raquel, prognosticando um grande futuro para a loja – mas já ao fim da tarde ele convidava Raquel para um drinque. Ela não pôde aceitar; tinha pressa; no dia seguinte o Bernardo telefonou dizendo que tinha *arreglado* (morara no Uruguai) com a Débora e o marido um jantar para o sábado: depois iriam dançar.

Saiu o jantar, no Restaurante Chinês, e foram a uma boate dançar, e depois Bernardo levou-a em casa. Não me convida a entrar? – perguntou, na porta. Raquel, enrolada numa mantilha branca e com a chave na mão, disse que melhor não, dando como desculpa o sono leve de Isabel. Bernardo ficou um pouco decepcionado, mas saiu-se bem, piscando um olho e contando a piada da moça manca.

Saíram mais vezes, foram a Gramado, conversaram muito. Raquel, porém, não o deixava entrar. Bernardo acabou se ofendendo e disse que, se Raquel não tinha confiança nele um homem de princípios, em quem haveria de ter? Ela não soube responder, ele se foi batendo a porta do carro, e passou uma semana sem telefonar.

Foi Débora quem telefonou:

– Quero que venhas passar uns dias na minha nova casa na praia, Raquel.

Fez uma pausa e acrescentou:

– O Bernardo também vai aparecer por lá, mais para o fim do mês.

Raquel hesitou. Pensou em Bernardo, mas não só em Bernardo, pensou no calor daquele janeiro, a cidade abafada, saturada de poeira e emanações – vou, disse, vou sim.

Pediu a Miguel que tomasse conta da loja, encheu o tanque do carro, completou o óleo, calibrou os pneus e, tomando a estrada do Mato Grosso, dirigiu-se a Tramandaí. A cem por hora, logo chegava à praia.

Débora, seu marido Isaac, seu filho Jaime e seu sobrinho Alberto estavam aproveitando muito o veraneio. A casa era ampla e confortável, com largas aberturas e chão de ladrilhos vermelhos. Os dias ali transcorriam serenos. Acordavam tarde, tomavam café e iam para a praia; sentavam na areia junto com outras famílias e ficavam conversando. Os filhos jogavam bola ou lutavam. Perto do meio-dia muitos corriam a jogar-se ao mar; os mais friorentos, porém, ficavam na areia, sob o olhar bondoso do velho sol. Voltavam para casa, tomavam banho de chuveiro, vestiam roupas leves e iam para a mesa; almoçavam e iam se deitar. Quando acordavam era o meio da tarde. O café – com pão, manteiga, marmelada, queijo, salame, nata, requeijão, goiabada, sonhos, cucas e doces – já os esperava. Conversavam um pouco com vizinhos e amigos. Vinha o jantar, saudado com entusiasmo. À noite jogavam cartas. Depois iam dormir.

O sono é que nem sempre era bom. É que o mar não parava quieto, agitado por bilhões de criaturinhas que fervilhavam em suas águas frias e escuras. Os veranistas veteranos escutavam do barulho do mar apenas o mínimo necessário para reconhecer caso acordassem perguntando onde estamos, quem somos – que estavam em Tramandaí, que eram as três da manhã, e que tudo ia bem.

A Raquel não desagradava a rotina. Detestava ficar sem fazer nada; mas ali na praia se sentia bem, estava bronzeada e bem-disposta. Não se incomodaria de engordar um quilo. Estava até precisando, segundo Débora. E gostava de conviver com aquela gente: Isaac, pai dedicado; o esperto Jaime, muito vivo em seus cinco anos, sempre correndo, pulando, saltando e jogando; Alberto, de treze anos, muito quieto; e a própria Débora, com quem agora se dava muito bem. Conversavam, Débora aconselhava-a.

Sentada diante do televisor, Raquel pensava, como eu era ruim, como eu era invejosa! Eu estava cega de despeito, por isto me entoquei no Partenon, por isto guiava como louca. Mas agora tudo vai mudar. Débora, uma fatia de pudim! Adivinhando, Débora comparecia com o pudim.

Começou a chover. O deslumbramento se atenuou um pouco. Jaime não parava quieto; teimava em vestir as roupas dela. Isaac teve de arrancar um dente. Débora, com dor de cabeça, andava muito irritada.

À noite Raquel acordava com a impressão de estar ouvindo gemidos. É o vento, pensava, tentando conciliar o sono. Mas não parecia barulho do vento. O mar? Também não; não o ruído normal do mar, pelo menos. Uma onda anômala? Uma onda aberrante, se erguendo sobre a crista das outras e avançando convulsionada para a praia? Talvez. Talvez fosse um animal marinho: uma foca, um leão do mar. Talvez um navio em perigo. Talvez um pescador entoando suas tristes canções. Ou Iemanjá. Ou a sereia. De qualquer modo, tirava-lhe o sono, o estranho barulho. Ela já se ressentia da falta de repouso reparador.

Bernardo não aparecia. Nas rodas de buraco, falava-se de orgias na cidade: uísque e mulheres vestidas de freira.

Outra coisa. Nas refeições, Raquel sempre pedia que Débora a servisse. Gostava que a amiga a alimentasse. Era bom receber de Débora o prato fumegante. Obrigada, Débora – dizia, com os olhos úmidos, do vapor, ou de ternura. Comendo o guisado com arroz, Raquel fazia elogios à comida. Débora e Isaac agradeciam. Durante a refeição conversavam sobre muitos assuntos.

Agora, porém, se falava pouco. Isaac dera para trazer para a mesa uma velha Manchete; apoiava a revista na jarra de água e mergulhava na leitura, apesar dos olhares rancorosos de Débora. Raquel não ligava muito; o homem era taciturno, pronto. Levantava cedo e ia pescar; voltava com um balde cheio de peixinhos mortos, mostrava-os ao filho e jogava-os fora. Depois se trancava na garagem e ficava mexendo nos anzóis e carretilhas. Um esquisito, concluía Raquel. Quero uma lancha, gritava o pequeno Jaime, quero um avião. Alberto mirava-a furtivamente.

Débora estava com alergia, à areia, achava. Passava as noites se coçando. Quando conseguia adormecer, tinha sonhos inquietantes. Via-se correndo nua pelo deserto; perseguia-a, num tanque, Moshe Dayan. Ela corria, ofegante, sabendo que não adiantava fugir, que não poderia escapar a um tanque: arrojava-se de bruços na areia ardente. O tanque parava ao lado dela, o general descia, virava-a com a bota. Fitava-a impassível, o olho único reluzindo. Ela o atraía para si. No auge da paixão satisfazia um desejo antigo: arrancava a venda que cobria a órbita vazia. A visão da cavidade negra a fazia estremecer de nojo e prazer.

Este sonho ela não contava a Raquel. Era um segredo entre ela *e aquele que gera todos os sonhos.*

RAQUEL recebia seu prato de guisado, que cada vez continha mais *arroz* e menos *carne*. *Carne* era o bom: pedacinhos pequenos, macios, um pouco sangrentos; mas *carne* era pouca. *Arroz* havia muito: montanhas de *arroz* alvo. Assim, *carne* ficava sepultada sob *arroz*. Este era o prato. Recebendo-o, e dizendo obrigada, Débora, Raquel não podia pedir mais carne. Explorava o arroz à procura dos pedacinhos de carne e comia-os, ávida. Ficava só com o arroz seco – e continuava com fome, com fome de carne.

Inverteu a ordem: separava a carne, mas comia primeiro o arroz. Ia tragando os grãos insípidos, contando saciar o grosso da fome. Deixava a carne para a parte mais delicada do paladar. Dia a dia o sacrifício de engolir o arroz se tornava mais penoso; mas não queria deixar nada no prato, não tinha elogiado a comida? Fazia força, estimulava-se: vamos lá, mulher, o pior já passou, não é tão ruim assim, só mais quatro garfadas; força, que a carne te espera, está tão boa esta carne que nem sei, está linda a carne, coisa ótima – pousado nela, o olhar ardente de Alberto.

Estou com fome, pensava Raquel levantando-se da mesa. Meu Deus do céu, estou morrendo de fome. É carne que me falta, é bife!

Um bife. Um bife malpassado. Um grande bloco de carne, ressumando sangue e molho – e sozinho no prato. No máximo um ovinho, umas batatinhas – mas nenhum arroz. Nada de grãos pálidos! Nada de comida fraca! Carne!

– Mais arroz? – perguntava Débora, sempre. Um dia Raquel recusou: não, não queria arroz. Aliás, não queria nada.

– Não te sentes bem? – perguntou Débora. Isaac levantou os olhos da Manchete. Alberto olhava-a.

– Estou bem; só que perdi o apetite. Acho que vou dar uma volta.

– Quero ir junto! – gritou Jaime.

– Tu – cala a boca e fica aí – disse Débora.

Raquel saiu. Caminhou rapidamente pelas ruas de Tramandaí, olhando furtivamente para os lados, como uma ladra. Chegou a um restaurante, entrou, sentou-se a uma mesa do fundo.

– Um filé – ordenou ao garçom. – Bem grande e malpassado. E rápido.

– Só o filé? – perguntou o homem. – Uma batatinha, não quer? Um arrozinho, não?

– Não! – gritou. E em voz mais contida: – Não. Só o filé. E ligeiro.

O homem afastou-se, transmitiu o pedido pela porta da cozinha e ficou a olhá-la, desconfiado.

Alguns minutos depois trouxe o bife. Raquel cortou um grande naco e enfiou-o na boca. Suspirou de prazer – estava exatamente como queria. Atacou a carne com fúria; quando terminou, enxugou o molho do prato com uma côdea de pão e comeu, lambendo os dedos.

Palitava os dentes, saciada, quando teve a impressão de que alguém a espiava pela janela do restaurante. Levantou-se e correu até a porta. Teve a impressão de ver alguém dobrando a esquina. E só podia ser o Alberto. Guri louco. O estranho ruído à noite? Ele, claro.

São dez da manhã.

A loja está cheia de fregueses. Os empregados andam de um lado para outro.

Miguel está sentado num tamborete, atrás do balcão. Balança o corpo para frente e para trás, murmurando qualquer coisa.

Pelo buraco da fechadura, Raquel observa a loja.

Chegou o momento? Acha que sim. Está pronta. Passou pelo teste do posto de gasolina, da laranjada.

Abre a porta do escritório, sai, caminha pela loja. Mistura-se aos fregueses. Pega uma fechadura de armário, examina-a com interesse. Olha para os lados. Ninguém repara nela. Nem Miguel.

Mete a fechadura no bolso e sai.

Na praia. Noite de dois de fevereiro. Raquel está deitada em seu quarto, lendo, quando alguém bate à porta. Entra, ela diz.

É Alberto.

Avança até a cama dela. Os olhos fitos nos dela, faz uma proposta: vamos à meia-noite, diz, ver a festa de Iemanjá.

Descreve o que se verá: os devotos da Rainha do Mar cantando e dançando à luz de velas, jogando flores ao mar, ficando possessos e rolando na areia.

Raquel pensa um pouco. Sim, diz, vamos. Alberto diz que voltará às onze e meia, batendo à porta três vezes. E se vai.

Raquel tira a roupa e apaga a luz. Tenciona dormir um pouco, mas o sono não vem. O que verá arrepia-lhe, desperta-lhe antigos temores. Imóvel na cama, deixa o tempo passar. Enquanto isto, as carnes vão murchando, a pele ressecando: é o que dá, pensa, ficar deitada no escuro.

E então – as três batidas. Salta da cama, veste-se rapidamente e abre a porta.

– Vamos no carro do tio Isaac – diz Alberto. – Ele nos empresta.

– Não. Vamos no meu.

– Mas o tio Isaac –

– No meu – corta Raquel.

– Está bem – há uma raiva mal contida na voz

de Alberto. Segura-a pelo braço. – Então quero te pedir uma coisa: me deixa guiar.

Raquel encara-o com surpresa.

– Eu já sei guiar, Raquel. Mas meu pai não me empresta o carro, só o tio Isaac. E agora tu me tiras a chance... Deixa eu guiar o teu carro.

Raquel olha a cara redonda, os olhos apertados atrás dos óculos de lentes grossas, e opta por rir:

– Vamos ver, Alberto. Vamos ver.

Tira o carro da garagem, dirige até a praia. O vento traz cantos distantes. Raquel estaciona numa rua distante do mar; teme atolar. Irão a pé.

Tiram os sapatos e caminham em silêncio sobre a areia fria e úmida. A respiração de Alberto é pesada, ele geme, às vezes gemido de velho. Quanto a Raquel, olha para a frente, para o clarão que marca o local da cerimônia.

Já há uma pequena multidão no lugar, rodeando os devotos vestidos de branco; cantam e dançam, estes, lançando olhares assustados ao redor. Raquel reconhece o Pai de Santo: é o dono da loja de artigos de umbanda que fica perto de sua casa, um mulato gordo e forte.

Raquel sente coisas. Mexe com ela, o som dos tambores. A custo se contém. Entraria na roda, dançaria, ficaria possuída pelo espírito de Francisco. E com Francisco se atiraria ao chão, e rolaria, e teria convulsões, e gritaria, e quereria morrer de gozo e desespero. O Pai de Santo veria o que é paixão.

Arranca-se à contemplação:

– Vamos, Alberto.

Voltam para o carro como vieram, em silêncio. Raquel senta à direção.

– Tu não vais me deixar guiar? – pergunta Alberto.

– Depois – diz Raquel, ligando a máquina. Olha-o: – Primeiro, tu vais ver como é que se guia.

Arranca, em direção ao mar. Corre pela praia em ziguezague; faz um cavalo de pau; derrapa; faz outro cavalo de pau. A luz dos faróis varre a praia. Ela quer desentocar os casais que se escondem nos cômoros, quer ver olhos assustados, gente correndo com as roupas na mão.

– Olha esta, Alberto! E esta!

Alberto agarra-se a ela:

– Me deixa guiar, Raquel! – grita. – Me deixa guiar! Me deixa!

Freia o carro.

– Me larga – diz, a voz ácida, rouca.

Alberto solta-lhe o braço, desconcertado. Ela então volta contra o rapaz a sua fúria. Quem era ele, afinal, para guiar um carro? Não passava de um fedelho, de um moleque! Pensava que Raquel lhe entregaria o carro? Estava enganado, o pequeno sacana!

Alberto soluça. Voltam para casa. De manhã ela faz a mala, despede-se da família e volta para Porto Alegre.

Encontra a loja em grande balbúrdia. Miguel fez confusões incríveis – dizem os empregados. Pior, nos últimos dias sumiu. Ninguém sabe dele. No Hospício não está.

– Que é isto? – pergunta Raquel, apontando para um caixote que está no escritório.

– Isto foi ele que comprou.

Ela manda abrir o caixote.

É um manequim de homem.

Irritada, já vai mandar chamar a transportadora para levar o caixote de volta – mas detém-se.

Olha o manequim.

É um belo manequim. Mesmo deitado no caixão e meio coberto de palha, vê-se que é um belo manequim. Os olhos refletem com alegre brilho as luzes da Loja Vulcão. Os cabelos loiros são sedosos, o bigode, um pouco insolente, muito bonito. Os lábios se entreabrem num sorriso. Manda fechar o caixote.

– Amanhã resolvo este assunto.

Ao final do expediente, aguarda que todos os empregados saiam. Fica sentada no escritório até escurecer. Então, levanta-se.

Toma o manequim nos braços, tira-o de seu leito de palha. É leve, é oco. Leva-o para o carro, acomoda-o no banco de trás, cobre-o com jornais.

Fecha a loja e vai para casa. Entra, carregando o manequim.

Isabel está na cozinha. Ela grita, pela porta, que não quer jantar. Sempre com o manequim, sobe rapidamente as escadas, fecha-se no quarto.

Coloca o manequim, de pé, no armário de roupas, entre o vestido preto e o casaco de peles.

Tira toda a roupa, apaga as luzes e se deita, com uma lanterna na mão.

A intervalos ilumina o armário: os olhos do manequim brilham.

De madrugada, leva-o de volta para a loja.

Chama a transportadora, manda levar de volta o manequim. Ela mesma ajuda a fechar o caixote.

Mais tarde, Miguel reaparece.

– Onde estiveste? – grita Raquel.

Miguel começa uma confusa explicação sobre a sinagoga, mas Raquel não quer ouvir; diz que é uma vergonha o que Miguel fez; coisa de louco, mesmo.

– É a última, Miguel! A última, ouviste? Mais uma, e vais para a rua!

COM a fechadura no bolso, sai da loja. Caminha depressa. Para onde vai? Quando dá por si, está subindo o morro.

— Raquel!

Volta-se. É – sempre – o Miguel.

— Que foi?

Ele avança na direção dela. Olha-a fixo:

— Tu não deverias ter feito aquilo, Raquel.

— Aquilo o quê, Miguel?

— Aquilo, da fechadura.

— Que fechadura? Não sei do que estás falando.

— Sabes, sim. A fechadura que estavas olhando na loja.

— Ah! Até que enfim notaste alguma coisa na loja – diz ela, e ri. – Muito bem. E qual é o problema então, Miguel?

— Tu roubaste a fechadura, Raquel.

— Eu? – está surpreendida, mesmo; o homem não estava rezando?

— Tu. Tu mesma.

— E para quê eu roubaria uma fechadura, Miguel? Uma fechadura da minha loja?

— Para depois me acusar e me botar para fora.

Não há raiva na voz dele, nem no rosto; ao contrário, sorri docemente.

— E como é que tu sabes? – balbucia ela.

— Eu vi.

— Tu viste? Mas tu...

— Eu. Eu sempre te vi.

— Sempre?

— Sempre. Sempre.

Então era ele.

O olho que a espiava entrando no Colégio era ele; e no auditório, era ele; e na casa de Teresópolis, era ele; em Ipanema, era ele; no restaurante da praia, era ele.

E o vento que abria a janela de seu quarto era ele. E o incêndio no Colégio? Miguel. Sempre o Miguel. O homem cujo rosto agora resplandece. Ela vê que Miguel – com sua cabeleira branca e sua barba, seus grandes olhos, sua pele delicada, seu sorriso – é bonito.

– Miguel –

Ponho os dedos nos lábios:
– Não sou Miguel. Sou aquele cujo nome não pode ser pronunciado.
Sorrio
– Chama-me Jeová.
Me olha, os olhos muito abertos.
Tiro do bolso da túnica o presente que tenho para ela. Recua assustada.
Pensa ter visto um revólver, eu sei. Mas não, é um pássaro que tenho na mão, o pequeno pássaro cinzento. Faço um gesto e o pássaro voa, roçando a testa dela e desaparecendo sobre os telhados do Partenon.
Cambaleia.
Amparo-a, antes que caia, tomo-a em meus braços, e iniciamos a ascensão.

Vou mostrar-lhe o Templo, finalmente concluído. Quero que veja o Livro, o Livro que agora termino de escrever e que conta tudo destes dias. Os dias de Raquel. Destes deuses: os deuses de Raquel.

Sobre o autor

MOACYR SCLIAR nasceu em Porto Alegre, em 1937. Era o filho mais velho de um casal de imigrantes judeus da Bessarábia (Europa Oriental). Sua mãe incentivou-o a ler desde pequeno: Monteiro Lobato, Erico Verissimo e os livros de aventura estavam entre seus preferidos. Mas foi um presente de aniversário que o despertou para a escrita – uma velha máquina de escrever, onde datilografou suas primeiras histórias. Ao ingressar na faculdade de medicina, começou a escrever para o jornal *Bisturi*. Em 1962, no mesmo ano da formatura na Universidade Federal do Rio Grande do Sul, publicou seu primeiro livro, *Histórias de um médico em formação* (contos). Paralelamente à trajetória na saúde pública – que lhe permitiu conhecer o Brasil nas suas profundezas –, construiu uma consolidada carreira de escritor, cujo marco foi o lançamento, em 1968, com grande repercussão da crítica, de *O carnaval dos animais* (contos).

Autor de mais de oitenta livros, Scliar construiu uma obra rica e vasta, fortemente influenciada pelas experiências de esquerda, pela psicanálise e pela cultura judaica. Sua literatura abrange diversos gêneros, entre ficção, ensaio, crônica e literatura juvenil, com ampla divulgação no Brasil e no exterior, tendo sido traduzida para várias línguas. Seus livros foram adaptados para o cinema, teatro, TV e rádio e receberam várias premiações, entre elas quatro Prêmios Jabuti: em 1988, com *O olho enigmático*, na categoria contos, crônicas e novelas; em 1993, com *Sonhos tropicais*, romance; em 2000, com *A mulher que escreveu a Bíblia*, romance, e em 2009, com *Manual da paixão solitária*, romance. Também foi agraciado com o Prêmio da Associação Paulista de Críticos de Arte (1980) pelo romance *O centauro no jardim*, com o Casa de las Américas (1989) pelo livro de contos *A orelha de Van Gogh* e com três Prêmios Açorianos: em 1996, com *Dicionário do viajante insólito*, crônicas; em 2002, com *O imaginário cotidiano*, crônicas; e, em 2007, com o ensaio *O texto ou: a vida – uma trajetória literária*, na categoria especial.

Pela L&PM Editores, publicou os romances *Mês de cães danados* (1977), *Doutor Miragem* (1978), *Os voluntários* (1979), *O exército de um homem só* (1980), *A guerra no Bom Fim* (1981), *Max e os felinos* (1981), *A festa no castelo* (1982), *O centauro no jardim* (1983), *Os deuses de Raquel* (1983), *A estranha nação de Rafael Mendes* (1983), *Cenas da vida minúscula* (1991), *O ciclo das águas* (1997) e *Uma história farroupilha* (2004); os livros de crônicas *A massagista japonesa* (1984), *Dicionário do viajante insólito* (1995), *Minha mãe não dorme enquanto eu não chegar* (1996) e *Histórias de Porto Alegre* (2004); as coletâneas de ensaios *A condição judaica* (1985) e *Do mágico ao social* (1987), além dos livros de contos *Histórias para (quase) todos os gostos* (1998) e *Pai e filho, filho e pai* (2002), do livro coletivo *Pega pra kaputt!* (1978) e de *Se eu fosse Rothschild* (1993), um conjunto de citações judaicas.

Scliar colaborou com diversos órgãos da imprensa com ensaios e crônicas, foi colunista dos jornais *Folha de S. Paulo* e *Zero Hora* e proferiu palestras no Brasil e no exterior. Entre 1993 e 1997, foi professor visitante na Brown University e na University of Texas, nos Estados Unidos. Em 2003, foi eleito membro da Academia Brasileira de Letras. Faleceu em Porto Alegre, em 2011, aos 73 anos.

Confira entrevista gravada com Moacyr Scliar em 2010 no site www.lpm-webtv.com.br.

lepmeditores
www.lpm.com.br
o site que conta tudo

IMPRESSÃO:

PALLOTTI
GRÁFICA

Santa Maria - RS | Fone: (55) 3220.4500
www.graficapallotti.com.br